AF444180

Oscura vida de Gatribell

KatBell

EDIQUID

Oscura vida de Gatribell
© KatBell, 2020
© Editorial Ígneo Internacional, S.A.C., 2020
© Para esta edición con el sello Ediquid, 2020
Lima, Caracas

www.grupoigneo.com
Correo electrónico: contacto@grupoigneo.com

Facebook: Grupo Ígneo | Twitter: @editorialigneo | Instagram: @grupoigneo

Colección: Nuevas voces

ISBN: 978-980-7641-63-0
DC2020000478

A la vida, que nos hace vivir distintas experiencias y cada una de ellas nos deja una enseñanza, aunque a veces no parece ser cierto que aquella situación nos lleve al aprendizaje. Sin embargo, he aprendido a aprender de las malas y buenas vivencias.

Lo que no te mata te hace más fuerte
Nietzsche

Gatribell era una chica que vivía de la simplicidad hasta que un día conoció el amor y la gatilló a cambios que no esperaba en su vida. Especialmente cuando conoció a Rick, quien la llevó a los momentos más placenteros. Así también, su vida marcó sorprendentes cambios hacia momentos melancólicos, enrevesados, de ventura y depresivos que de alguna manera intentó conmutar.

Gracias a personas que conoció en su camino logró muchas metas en su vida, por la pasión que floreció en su interior estaba dispuesta a todo.

CAPÍTULO 1

Mi inicio

Una noche estaba en el bar disfrutando de buena música y de unas cervezas, siempre iba con mis amigas pero esta vez decidí disfrutar de mi soledad, necesitaba un momento a solas para pensar.

Me encontraba en mi mejor momento, me sentía alocada escuchando una de mis canciones favoritas de mi banda preferida, no era usual que coloquen esta música, por ende estaba en el mejor momento y lugar. De pronto me sentí observada, miré disimuladamente a mi derecha donde vi a un hombre delgado, tez trigueña, se veía de piernas largas, lo que hacía notar que era en promedio alto, un tanto delgado y con una sonrisa que le formaban dos margaritas. También se veía que andaba solo o tal vez esperaba a alguien, no lo sabía. Continué disfrutando de mi buena música y tarareaba:

Cuando respiro en tu boca, de par en par tu flor, tensión y caída, cuando respiro en tu boca...

Me encantaba, era uno de mis cantantes favoritos. Todos me preguntaban qué pasaría si me quedara sola con él en la tierra, mi respuesta era que no pasaría nada y lo llenaría de preguntas referente a su música y vida, a lo que todos reían y hacían que mi respuesta fuera un tanto anecdótica.

De pronto sentí que se venía acercando alguien, en ese instante me puse a hacer algo, como quitarle el estampado a la botella, no sé por qué lo hice pero fue una de mis brillantes ideas, además, al sentirme un tanto nerviosa suelo tocar algo. Mientras pensaba, escuché:

—Hola, ¿estás sola?

Al escuchar su voz pensé en que si podría ser aquel hombre que observé por un instante, ¿se habrá dado cuenta de que lo observaba?

Mmm... sigilosamente miré a mi alrededor y sarcásticamente respondí ¿creo?

Él, con una suave sonrisa y formando levemente sus margaritas, me preguntó:

—¿Puedo sentarme y compartir unas copas contigo? Como ves, igual ando solo y por un momento sentí que requería de una compañía.

—Pues dale, no hay problemas —en mi interior sí había problemas, no tenía ganas de hablar, solo de beber y escuchar música.

—¿Y tú qué haces en este bar sola?

—Lo mismo que tú, venir a beber —mientras doy un sorbo a mi vaso.

Rio un poco sonrojado, respondiendo:

—Pues bien, tienes razón, nos encontramos aquí, sirviéndonos algo e improvisadamente te conocí.

Mientras me hablaba movía sus brazos y miraba a su alrededor, indicándome levemente espacios del lugar.

—Noté que te gusta mucho esta banda.

—Pues sí, es una de mis favoritas, los sigo a todas partes.

—Qué genial, también es de mi agrado, pero no soy fan como tú. Saco algunos temas en guitarra para disfrutar de la música en mis momentos de relajo e inspiración musical.

—Aaaahh… interesante, tocas un instrumento.

—Sí, me gusta la guitarra, también le he hecho intento a otros instrumentos, pero no me ha ido muy bien la verdad.

—Entiendo, también me gusta la música, y lo de instrumentos, tampoco me ha ido bien. Aunque intente ser buena en eso, soy un fiasco ajajaja. Esa es mi triste verdad.

—Te entiendo, un salud por esos atributos que intentamos tener y no resulta.

—Y tú, ¿qué haces?

—Soy profesor de matemática.

—Mmm… Qué interesante, por un momento pensé que serías de música hasta que llegaste al momento penoso de tu historia musical.

—Gracias por tu elogio de creer ser profesor de música. ¿Tú qué haces?

—Soy profesora, trabajo enfocado en la necesidad del estudiante. Diferente a ustedes que trabajan a modo global.

—Ahhh… eres educadora diferencial.

—Sí, ¡exacto!

—Qué interesante… Pero no entremos en nuestro trabajo, estamos en un lugar que amerita distraernos de todo aquello que nos lleve a una rutina.

—Me alegra escucharte decirlo, ¡salud por eso!

Y nuestras copas chocaron con un leve sonido acompañado de una mirada cómplice.

—¿Te gustaría ir a caminar? Nuestras cervezas se acaban.

—Bueno, ¡vamos!

En ese instante dudé en decir que sí, pero lo poco que hablamos noté algo diferente en él que me dio calma para aceptar.

Tomé mis cosas, me puse el abrigo negro, la noche estaba un poco temperada. La luna estaba grande, brillante y radiante.

Salimos del local y caminábamos en silencio por las calles de Concepción. Mis botas estaban un tanto gastadas, lo que me hizo sentir fuerte las piedras; no quería decirlo, sino pensaría que era una pobretona o anticapitalista que no quería darle su dinero al sistema.

El silencio se acabó cuando me dijo «me llamo Rick, soy de Concepción y hoy decidí salir solo, siempre lo hago con mi grupo de amigos pero de pronto pensé en que necesitaba un momento para mí…» Mi mente se atrofió y comencé a pensar que esto era un tanto extraño, luego escuché… «¿y tú?».

—Pueees… yo, me llamo Gatribell, y me encontraba en ese bar para distraerme a solas y beber cerveza.

—Entonces, se puede decir que yo intervine en tu momento de soledad y te traje a caminar a estas horas de la noche, acompañados de esa hermosa luna que nos rodea.

—Tú lo has dicho, pero no te preocupes, es un momento agradable. Bueno, Rick, han pasado muchas horas y mi edad se nota, el cansancio me tiene en la tercera edad y ya necesito de mi cama y mi guatero amigo.

—Está bien, si quieres caminamos hasta tu casa.

—Ok, suena bien.

—Desde ahora el bar Lunas será mi favorito; comenzaré a ir más seguido, en una de esas te puedo volver a encontrar, Gatribell.

Me sentí un poco sonrojada, la oscuridad de la noche me favoreció.

—Lunas no es uno de mis bares favoritos, pero debo admitir que también lo será desde ahora y bueno, si algún día nos volvemos a encontrar te saludaré.

De pronto escuché una carcajada muy fuerte y preguntó «¿solo me saludarás? ¿No te acercarás a mí a conversar un momento?». Con tono y mirada de coqueteo, diciendo implícitamente quiero más… Me sentí un tanto nerviosa que llegué a levantar mi frente, además mis ojos se movieron de forma circular al lado contrario de Rick. Era un acto involuntario y era demasiado predecible a decir que estoy nerviosa; respondí, firmemente:

—Pues claro, si estás solo me acercaré a ti y querré saber qué es de tu vida durante ese tiempo.

—Pero no es necesario que esté solo, si estoy con más gente no dudes en hablar.

—Pues llegamos, esta es mi casa, te invitaría a un café, pero estoy muy cansada y terminaría derramándolo en mi rostro o en mi ropa antes de tiempo.

Con una sonrisa, dijo:

—Sí, entiendo, yo también debo ir a descansar.

Iba acercándome a mi puerta y escuché:

—Gatribell, ¿te gustaría salir conmigo el próximo sábado?

Eso fue un dolor de estómago, igual lo esperaba, era muy lindo.

—Pues… me gustaría, pero iré al cumpleaños de mi padrino.

—Ah, entiendo, para la próxima. Adiós.

Entonces fue cuando lo vi voltear y me apuré hacia él y le dije:

—No podré este sábado, pero sí el siguiente. ¿Me das tu número telefónico?

—Sí, anótalo.

Pasaron los días y mi mente se centraba en su rostro, su piel se notaba muy suave y sus margaritas me enloquecían, pero no podía ser así, debía darme mi tiempo, igual llevaba ocho meses soltera y mi ex de vez en cuando se asomaba a esta cabezota que se dejaba llevar de emociones patéticas y locas. Pero igual no estaría mal mandar un mensaje de texto para darle mis saludos y buena semana en su trabajo.

Hola Rick, te escribo para darte ánimos en esta semana y saludos!
Enviado

Creo que mi mensaje fue un tanto cortante y no sé, fui un poco estúpida, debí pensar en algo más producido. En eso escuché vibrar mi celular y era un mensaje de Rick. Mis ojos se abrieron tanto que llegué a sentir que explotarían.

Gracias por tus buenas vibras durante mi semana, también para ti y espero que no continúes en tu tercera edad, aún eres muy joven para eso.
Recibido

Solté una carcajada y mi colega amiga me miró con cara de impresionada porque solía ser seria para mis cosas.

—¿Qué te ocurre, Gatri? ¿Qué recibiste? ¿Murió alguien que te causó risa?

No sé qué rostro habré puesto ante ese comentario, mi mayor debilidad eran mis expresiones, todo el mundo sabía cuando me aborrecía o me encantaba una situación, mis expresiones me delataban.

—No, solo vi una caída de un hombre que rajó su pantalón dejando su miembro al aire…

Fue lo único que se me ocurrió, no le hablaría de Rick, sino no me dejaría respirar nunca más ante tantas preguntas que fuese capaz de realizar. La quería, era mi amiga, pero a veces me realizaba muchas preguntas y yo no quería contar mis cosas porque se darían el derecho de opinar sobre cómo llevar mi vida y no me interesaba, si la embarro estaba hecho y ya.

Bueno, volviendo al mensaje de Rick, tenía razón, era muy joven para dejarme caer en cama como una abuelita.

Igual podía invitarlo a la fiesta de mi padrino, pero quizás no quisiera. Igual iría mucha gente, era una persona muy conocida, sería el megaevento y pasaríamos inadvertidos, especialmente yo, que era muy callada e introvertida, lo que me provocaba tener muy pocas amistades.

Este sábado será el cumpleaños de mi padrino, como lo había mencionado anteriormente.
Te quería preguntar si te gustaría acompañarme.
Enviado

Luego de haber apretado la tecla enviar mi estómago quedó hecho nudo y sentí que hasta mis órganos desaparecieron de tal apretón.

Será un gusto acompañarte a ese evento. Nos juntamos en tu casa el sábado a las 20 hrs en punto, nos vemos.
Recibido

¡¡Mieeerda!! Iría, ¿qué? Bueno, yo lo había invitado, debí pensarlo muy bien pero era una mujer tan impulsiva que pensaba después de actuar. Ok, ya estaba hecho, no había nada más, iría con él (grité alarmante en mi interior).

Llegó el sábado y no hallé qué ponerme, me quedaban dos horas para que llegara y yo aún en pijama.

Me daría una ducha y pensaría qué usar, el clima estaba templado, se acercaba el verano.

Me sequé el cuerpo, incorporé medio litro de crema a mi piel como todos los días, sequé mi cabello, me puse ese vestido negro que quedaba bien ajustado a mi cuerpo y hacía que mis senos se vieran más pequeños de lo que eran, en fin, mis aretes de perlas negras, mi abrigo y mis botas infaltables. Aunque estuvieran gastadas y sintiera todo lo que pise no las podía dejar, las adoraba.

Toc-toc... ooh.

Dios, llegó, mierda, mierda... ya, ok, respiré profundo, si era él, nadie más, no era Ryan Reynolds ni Andrew Garfield para sentirme tan acelerada y angustiada en que me viera. Ahora si fuesen ellos me derretiría ante sus pies y uufff... ni se imaginarían la cantidad de cosas que pasaron por mí mente, mi lado B salía a flote.

Abrí la puerta y era él, de jeans un tanto ajustado, zapatos, camisa de cuadros color burdeo y se notaba que llevaba una camiseta blanca cuello V en su interior. Qué hombre más hermoso.

—Hola, Rick, pasa, ¿cómo estás?

—Gracias, muy bien, Gatribell, ¿y tú?

—Bien, lista para que nos vayamos.

Íbamos llegando a la casa de mi padrino, la música se escuchaba a media cuadra, pobres vecinos, menos mal que pidió permiso en la municipalidad para su festejo.

—Qué gran casa tienen tus tíos, Gatribell.

—Sí, mi padrino es de la marina y tiene muchos amigos.

Entramos a la casa y abrió mi madrina con cara de felicidad, como si se hubiese ganado el Kino. Saludó a Rick sin preguntar quién era y qué hacía ahí, pero como llegaba conmigo no les afectaba.

Con Rick nos acercamos a saludar, vi mucha gente desconocida, así como a mis primos, primas, tíos y tías. Luego nos fuimos a servir unas cervezas y algo para picar, yo no sentía apetito, pero sí unas ganas de beber, como todo día sábado.

Después, Rick me invitó a bailar una canción de Los Prisioneros, llevamos nuestros tragos mientras bailábamos, al finalizar la canción nos fuimos al patio, conversamos un rato y nos quedamos en silencio mientras se escuchaba la bulla desde el interior de la casa y nos llamaban a cantar el cumpleaños feliz. Entramos, cantamos, hicimos el tortazo, esa fue la mejor parte. Mi padrino quedó con crema hasta dentro de la nariz y se comenzó a ahogar porque no podía respirar y su amada esposa lo salvó de no morir en su propio cumpleaños.

Sentí un poco de calor y le pedí que saliéramos, nos quedamos mirando la luna que estaba grande, naranja y muy calurosa. De pronto, sin pensar, pregunté:

—Rick, ¿tienes pareja?

Ante mi pregunta desprevenida me observó detenidamente y cambió su postura a erguida.

—No, afortunadamente estoy soltero. Pasé por una crisis sentimental muy grande que me costó salir de ese sufrimiento y darme cuenta de que con aquella mujer no llegaría a ninguna parte. ¿Y tú?

—También estoy sola y pasé por algo similar a lo que me cuentas. Lo que sí me dejó como enseñanza fue a no cometer esos errores con aquel hombre que decía amar. Por ahora no amo a nadie, pero no sé si más adelante llegaré a hacerlo.

—Claro, uno no sabe en qué minuto conocerá a alguien y se enamorará. Gatribell, ¿te quieres seguir quedando aquí o piensas ir a algún lugar?

Con una suave risa le pregunté:

—¿Telepatía?

—Mmm... ¿por qué?

—Es justo lo que pensaba preguntar. Nuestros ánimos y conversación no tienen nada que ver con este festejo. Siento que estamos empañando una linda fiesta con nuestras depresivas historias...

—Rick, te invito a mi casa.

Llegamos a mi casa y abrimos unas botellas de vino acompañado del fuego de la chimenea, lo más adorable, un buen vino con una rica temperatura. Mi casa era de material cemento, comprenderán que era fría y costaba que temperara. Abrí la cortina para alumbrar con la luz natural que nos entregaba la luna.

Fue en eso cuando Rick tomó mi guitarra, se sentó en el suelo y comenzó a cantar:

Te he perdido entre la gente,
te he adorado y te he odiado,
y en el fondo sabes bien
Que en los peores momentos
llevas dentro un ángel negro
que nos hunde a los dos.

Y cuando llega el nuevo día
me juras que cambiarías pero sí,
pero vuelves a caer.

Te dolerá todo el cuerpo
me buscarás en el infierno,
porque soy igual que tú...

Todo lo que siento por ti, solo podría decirlo así,
todo lo que siento por ti, solo sabría decirlo así...

No pude evitar corear la canción y luego saqué mi celular y mi parlante, conecté el bluetooh y bailamos esa canción. Rick se me acercó, me miró detenidamente a los ojos y me dijo: «Gatribell, me gustas», mientras manteníamos en el fondo la canción. Nos besamos y comenzamos a correr nuestras manos por nuestro cuerpo.

Rick comenzó a bajar lentamente el cierre de mi vestido hasta dejarlo caer al suelo y yo retiré su camisa y su polera, nos miramos y observé su hermosa y ancha espalda, su tez trigueña, me encantaba, era el hombre de mis sueños. Comencé a acariciar su piel, él me tomó de la cintura y me llevó al sofá.

Al recostarme tomó mi pierna y la llevó para el lado permitiendo tener más espacio y quedar apegado a mí, donde su órgano chocó con el mío, nuestros gemidos se aceleraron y pedí que parásemos. Lo miré por unos minutos hasta calmar mi respiración y lo besé. Ese beso me llevó a declarar por medio de mis actos que ya no me podría ir de su lado, lo tomé y volteé dejándolo recostado en el sofá y yo encima de él. Retiró mi brasear dejando mis senos al aire, él los observó y acercó tímidamente sus manos en mi cuerpo, parte recorriendo mi espalda hasta llegar a mis senos. Al intento de llevarlos a la boca mi timidez afloró y me recosté sobre él, apoyando mi abdomen sobre Rick, sentía cómo latía su corazón y nos quedamos así por unas horas, hasta que me di cuenta de que estaba dormido, abrazándome. Al vernos dormir de tal forma me generó una seguridad y refugio entre sus brazos, su caluroso cuerpo apaciguando mi fría piel. Me levanté y fui en busca de frazadas, recostándome a su lado y pensando lo maravilloso que me hacía sentir en ese momento.

Hacía bastante tiempo que no compartía mis labios, piel y cuerpo con otro hombre que no fuese Alex.

En la mañana desperté y él ya no estaba. Dejó una nota diciendo que fue una maravillosa salida, hacía tiempo que no lo pasaba tan bien y deseándome un buen día.

Luego de esa salida no nos volvimos a ver, sí habíamos mantenido contacto vía telefónica. Me preguntaba qué sería de él un día, y le mandé un mensaje para saber de su existencia humana.

Hola Rick, cómo estás? espero que te encuentres bien y no con tanto trabajo. Lo que es yo estoy llena de pega, como está finalizando el año escolar es agobiante tanto documento, bueno, así es la vida.
Espero te encuentres bien, saludos!
Enviado

Luego de enviar ese mensaje de texto esperé su respuesta pero no la hubo. Quizás aún estuviera pegado con esa chica de la que me habló y se sentía arrepentido de lo que había pasado esa noche en mi casa. Mejor seguía con mis cosas y dejaba de pensar tanto en alguien que venía conociendo hacía muy poco, no era de esas personas que se pegaba rápido con una persona. Mantenía mi autonomía, además, llevaba mucho tiempo sola y me sentía bien así, no tenía a nadie que me reclamara, se sentía bien siendo libre.

Al término del día me fui a juntar con unas amigas a servirnos algo de beber y charlar, ya las estaba dejando de lado y me lo reprochaban. No era que no quisiera salir con ellas, pero era de estar en casa en pijama, con mi chimenea y algún libro loco para leer o con música.

Mientras nos servíamos y mi amiga contaba sobre sus problemas amorosos y otra sobre los problemas de trabajo, sonó esa canción que coreamos en el living de mi casa y mis pensamientos no pudieron contener las ganas de pensar en él. Me pregunté qué me estaría pasando con ese hombre, era algo pegajoso, que pegaba todo el día en la mente y llegaba a ser fastidioso. Mientras pensaba en ese ser extraño que se apoderó de mi mente escuché un eco de Eeyy... Gatri, ¿estás escuchándonos?, ¿nos va a decir lo que ocurre? y mi cara de estupefacto no tuvo por dónde escapar, pero salí del paso diciendo que quería abrir mi carrera y tenía pensado tomar algunos talleres de arte.

Se hizo muy tarde y mañana se trabajaba, me debía ir, mis amigas también se retiraron y salimos todas del local. Decidí caminar hasta mi casa y disfrutar de la noche, estaba un poco helado y el aire envolvía mi cabello, el clima había cambiado un poco, era un tanto extraño, hacía unas semanas estaba el sol radiante y la luna hacía unas noches templadas y ahora solo frías.

Llegué a casa, me duché, sequé mi cabello, me eché medio litro de crema al cuerpo y me acurruqué en mi adorable amigo guatero, todo bien hasta que sonó mi celular, un mensaje de Rick.

> *Hola, estoy bien y espero que tú también lo estés. He tenido mucho trabajo lo que me ha tenido desconectado del mundo. Espero saber más de ti un beso.*
> *Recibido*

Ese mensaje me hizo la noche, un suspiro de minutos brotó de mi alma. En posición de dormir pensaba en su piel, sonrisa y su hermoso cuerpo, qué hombre más encantador.

Fue tanto lo que pensé en él que llegué a soñar algo que jamás me había pasado, es una vergüenza para mí, menos mal que los sueños no están obligados a contar, sino sería la pecadora más lujuriosa de esta tierra y pobre de ese ser, que ni sabe lo que hice de él en mis sueños.

Todo comenzó cuando...

Las llamas salen de mi interior, ardo como en el infierno
me elevo con delicadeza y rodo por tu cuerpo.
Siento tu aroma frotar por tus poros,
tus manos se deslizan por mis muslos y mi espalda se encoje
de a poco mi respiración se acelera e imploro más,
mis latidos se sienten por todo mi cuerpo,
la sangre arde por mis venas
tu cuello clavado en mis dientes mientras tus labios se mueven lentamente pidiendo placer.
Sentir tu carne es más placentero de lo que pensaba
Me haces rodar entre tu ardiente piel,
y tus manos recorren por mis senos poniéndome erizos y duros los pezones.
Luego tu lengua recorre lentamente mis senos, uno por uno, dejándote caer lentamente entre mi cuerpo hasta llegar a lo más bajo, es ahí,
es ahí, cuando un impulso me hace subir ante ti,
tomo tus manos y las mantengo firme haciéndome sentir poderosa,

te ves como un débil corderito que necesita control.

Beso alocadamente esos labios húmedos de placer, mi lengua se endurece con la tuya,

realizamos un juego lingual mientras tu pene se erecta aún más haciéndome sentir con más placer.

Me deslizo por tus curvas a medida de rodear con mi lengua tu suave piel, tus poros afloran y tus gemidos piden más, llegando al éxtasis de placer.

Mis labios te acarician suavemente

y mi lengua humedece lentamente tu pene que cada segundo endurece aún más, ese éxtasis que pronto estallará a gritos.

Loca y desesperadamente lo meto entre mi boca, lamiéndolo como un dulce que pronto acabará.

Mis manos lo apoyan mientras mis labios lo absorben acompañado de un ligero movimiento.

Me siento húmeda y ardiente, lista para sentirlo dentro de mí.

Por la ventana entra una pequeña luz, se observa la luna

esa luna que calienta mi interior

me siento entre tus piernas mientras muevo mis caderas hacia delante y atrás lentamente.

Apoyo mis manos en tu abdomen y erecto mi espalda, mis labios se secan, me siento algo deshidrata.

Tus manos frotan suavemente mi trasero y me humedezco aún más, mi flujo es más frecuente y tu sensibilidad hace que lo disfrutes, ese líquido caliente sale de mi interior dejándome sin aliento.

Al despertar de ese sueño me vi envuelta entre sus redes, sus telas de arañas me tenían atrapada en la ansiedad de mi ser. Me sentía en el vaivén de emociones donde no podía continuar.

De pronto me di cuenta de que me estaba comportando como una niña compulsiva y que no sabía llevar sus emociones, tal vez era un poco impulsiva e irritable, pero desde ahora pensaría en lo que solía hacer antes de ti.

CAPÍTULO 2

Antes de ti

e llamaron del colegio para abrir un taller, creí que lo haría de literatura, me gustaban los libros y lo que más incentivaba en los niños era leer. Sería una buena instancia de poner en práctica mis sugerencias.

Comencé a crear el taller y a buscar ideas para que fuera algo espectacular y los motivara. Al día siguiente hablaría con el guapo director y entregaría algunas de mis propuestas.

A la tarde les diría a mis amigas que fuésemos a comer o servirnos algo, tenía ganas de verlas y charlar un momento con ellas, saber qué había sido durante estos días y si tenían algo más que contar, ya que la última vez que las vi no hacía más que pensar en otras cosas. Mi cabeza estaba en el aire, mi mente flotaba perdida en el espacio.

Les propuse la junta y quedaron fascinadas en salir a mitad de semana, veía que estábamos todas colapsadas con el término de año, quedábamos en juntarnos en un bar a beber, obvio, cómo pensar en comer y servirnos un café Jáa...

Marianne, una de mis amigas, nos contaba que terminó con su pareja de casi diez años de relación, cancelaron su matrimonio que se venía muy pronto… Ella se encontraba en trance de negación al término, estaba muy afectada. La pareja de Marianne le salió trabajo en otro país. Ella tenía muchas responsabilidades acá y era difícil llegar e irse, como su pareja era el encargado de llevar una empresa en Chile, lo trasladaron a otro país, Inglaterra, porque la empresa actual estaba en proceso de quiebra y le dieron la oportunidad ya que era una de las personas que más se manejaba en su área.

Marianne se encontraba desconsolada, pensaba que por él haría el sacrificio de irse pero tenía a un familiar con la salud muy delicada y no podía tomar la decisión de partir y dejarlo solo, porque lamentablemente era la única que se hacía cargo. Y por otro lado Manuel, su pareja, no quería perder la oportunidad de su vida en ir a otro país a hacerse cargo de la empresa. Este era un nuevo desafío y abriría nuevas puertas para su carrera.

Era ahí, la incertidumbre si su relación funcionara a distancia, ellos pensaban en que no sería sano, pero en el fondo de su ser no querían perderse.

Mientras escuchaba a mi amiga me surgieron varias interrogantes: ¿Por qué tanto sentimiento de querer todo en esta vida si ya dices tenerlo? ¿Por qué arriesgar el amor por dinero? ¿Por qué decir adiós a quien dices amar?

Esas preguntas rondaban por mi cabeza cuando Marianne hablaba desconsoladamente sobre su quiebre.

Considerando su estado emocional y la confusión mental, todas decidimos solo escuchar. Cuando Marianne terminó de contar me di cuenta de que todas coincidíamos en nuestra manera de pensar y le preguntaban lo mismo que pasó por mi mente. Ella solo decía que sería muy egoísta de su parte cortar las alas al no dejarlo ir. Creía que era un momento para darse cuenta si él realmente la amaba. Este proceso les daría la enseñanza y abriría los ojos si eran realmente importantes en sus vidas. En un momento mi amiga dijo algo demasiado cierto:

—Si me ama como dice se la jugará para no perderme y dejarme ir de manera fácil, lo mismo yo por él.

Todas coincidimos en que su punto de vista era bastante válido, pero en cierta forma era arriesgar algo por nada, quizás los dos a distancia se siguieran amando, pero llegaría un momento en que se acostumbraran a la soledad e independientemente del amor que se tuvieran ya no se necesitaran el uno al otro.

—Recuerda que el amor se va construyendo y afianzando entre las dos partes, tú no estarás allá para verlo y contenerlo en los momentos que él lo necesite, y él no estará para ti. Pienso que deberías darle vuelta a esta situación y pensar en ti, en tu futuro, de vez en cuando en la vida hay que ser egoísta y dejar de pensar en el resto. Los demás no estarán siempre contigo cuando necesites contención, cuando requieras botar lágrimas porque la distancia te está matando. Nosotras estaremos, pero no siempre porque igual tenemos vida que llevar y cosas que hacer, piénsalo y no dejes todo.

Marianne no se contuvo y se mandó un mar de lágrimas que me hicieron caer en su juego de olas.

Llegó la hora de irse, cada una tomó sus cosas en silencio, con almas perdidas en la agonía de nuestra amiga y nos separamos en direcciones distintas.

Iba caminando en dirección a casa y en la vereda del frente vi a mi ex. Me sentí un poco extraña, hacía ocho meses que no lo veía. Me hice la loca hasta que escuché un grito: ¡¡¡GATRI!!! Mi estómago hecho nudos, volteé y me hizo gestos con su mano. Respondí de igual forma. De pronto lo vi mirar rápidamente para ambas direcciones de la calle y se acercó a mí con una corrida lenta y agitada.

—Hola, ¿cómo estás?

—Bien, vengo de un bar. Andaba con mis amigas. ¿Y tú? —entre nerviosa, demostrando que era alguien más y no me sorprendía su presencia.

—Yo ando acompañando a un amigo y te vi. Estás cambiada, te ves más hermosa.

—¡Gracias! —no sé por qué mierda me dijo eso ahora, como si me importara.

—Bueno, me voy.

—Fue un gusto verte. Que estés muy bien, Alex.

—¿Te gustaría juntarte un día en la tarde? Digo, para charlar un momento.

—Pues claro —por qué dije eso, noooo… nooo… ¡no quiero!

—Ok, te estoy llamando, ¡cuídate, Gatri!

Me fui rápido mirando solo una dirección y pensando ¡por qué me tuvo que pasar esto! Tuve que cruzarme con este ser que no me interesaba verlo ni en pelea de perros y más encima me invitó salir y yo la muy… aceptó. En fin, para meterme en problemas era rebuena y para salir de ellos demoraba años, siglos.

Al fin llegué a casa, había sido una tarde muy pesada. Me puse en el lugar de mi amiga y sería muy difícil tomar una decisión. La diferencia que había entre Marianne y yo radicaba en que ella era muy racional y yo era demasiado sentimental, me guiaba mucho por las emociones, por ende hacía que llegara y actuara según lo que sentía en ese momento. Era una de mis grandes debilidades, aparte de no poder decir ¡No! a algunas situaciones como la anterior. Esperaba que Alex se olvidara de que me propuso salir y no tuviera mi número para que no llamara.

Por fin en cama, ahora podría decir: ¡Adiós, mundo...!

Olvidé poner despertador, llegaría tarde al trabajo, con una hora de atraso, y debía acercarme a la oficina del director para hablar del taller. Mi corazón estaba que explota de tanta desesperación, necesitaba llegar rápido, solicitaría un uber.

Cuando llegó a mi casa subí muy apurada para buscar mi celular y ver la hora, en eso me di cuenta de que Alex me había enviado un mensaje.

Fue muy extraño verte, no me esperaba encontrarte a esas horas de la noche frente a mí.

Cuando te vi me di cuenta de que aún está todo intacto, aún eres importante para mí, sé que no es la mejor forma de decir todo esto pero, perdón por todo lo malo que hice.

Saludos!

Recibido

¡No podía ser, lo único que me faltaba, intentar olvidar a otra persona para que apareciera mi ex y como si nada me dijera cosas bonitas y que lo sentía mucho, no podía ser!

Ahora no era el momento de pensar sobre esto, necesitaba llegar pronto al colegio.

Llegando al trabajo se me acercó la inspectora diciendo que Benjamín, el director, me buscaba. Pasé de largo a mi oficina, dejé mis cosas y me acerqué a él. Cuando lo vi me dije que no estuvo en la mañana porque le dijeron a última hora que debía asistir a una reunión. No se dio cuenta de que llegué tarde, me había salvado.

Luego de hablar con el director y darle a conocer mis propuestas decidimos ponerlo en marcha con apoyo del profesor de lenguaje. Francisco era amante de la literatura y en eso congeniábamos bastante, compartíamos libros y nos gustaba el mismo género. Pensar que compartiríamos estos momentos me hacía feliz.

Cuando llegué a casa comencé a ordenar mis ideas y se las envié a mi colega, quedó fascinado, ya teníamos todo ok.

Al enviar el correo sentí mi celular y era Alex, me llamaba pero no tenía intenciones de hablar con él. Era suficiente con ese intercambio de palabras que tuvimos la noche anterior, pero era demasiado insistente, llamaba y llamaba y no pararía hasta yo contestar.

Finalmente, contesté su llamado y me preguntaba si vivía en el mismo lugar de antes. «Sí, ¿por qué?». Me hizo salir y estaba afuera, no lo podía creer, ¡cómo era posible que viniera a mi casa sin ser invitado!

Me puse un abrigo, estaba en pijama, no pretendía salir así y pregunté:

—¿Qué haces aquí? —con un tono de dureza y malhumorada.

—¿Por qué me miras así y levantas esa ceja? —preguntó Alex, con un tono de juego—. Me gustaba cuando lo hacía en los momentos de enfado, veo que no te gustó mi sorpresa.

—No, solo me sorprende y la verdad estoy ocupada, veo algunas cosas de mi trabajo y no te puedo atender ahora.

Al escucharme me miró con cara de angustia que no podía evitar y lo hice pasar por un momento. Entrando a la casa me dijo que estaba todo muy cambiado, en tan poco tiempo ya se veía otra casa. A su comentario le dije que sí, habían pasado ocho meses de nuestra ruptura y no era menor, «quise cambiar todo lo que me recordara a ti, no tenía intenciones de caer en una depresión por el término de la relación». Ante eso Alex quedó callado y me miró perplejo, cayó devastado al sofá, tomó su rostro y le cayeron lentamente unas lágrimas. La verdad no supe qué decir, primera vez que lo veía así, tan indefenso frente a mis ojos, susceptible a todo lo que decía.

—Gatri, sé que caímos en una rutina que se volvió viciosa. Estábamos en una posición de quién era el más fuerte, creyendo siempre que era yo y, en realidad, debo reconocer que siempre fui el más débil. Veo que ya es muy tarde para remediar todo mal, dejé pasar mucho tiempo para hablar sobre esto y te veo en una posición de no querer saber nada sobre mí.

—Lo siento, pero no es algo que quiera hablar, siento que ya pasó el tiempo y es mejor dejar las cosas como están. Sola me di respuesta a muchas interrogantes que en su tiempo debieron ser habladas, yo no quise salir corriendo tras de ti porque fuiste tú el que tomó la decisión de darle término a todo y alejarse sin importar los planes y tiempo entregado.

—Lo comprendo y lamento mucho, por lo mismo me la quiero jugar.

Se acercó lentamente tocando mi rostro con su mirada fija a mis ojos.

—Veo en tus ojos que aún hay amor y me he dado cuenta durante este tiempo que eres tú la indicada para mi vida.

Al escuchar esas palabras recorrió un escalofriante sentimiento por todo mi cuerpo, que me hizo sentir incómoda ante tanta palabra que no esperaba escuchar jamás después de nuestra ruptura. Fueron segundos que quedé perpleja con la emoción de Alex al hablar.

Luego de su partida caí con mi alma en un hilo al sofá, mi cuerpo helado como si hubiese visto a un muerto hablándome. Pensaba en todo lo que viví con él, una bomba de emociones entre lo bueno y lo malo.

Cuando conocí a Alex estaba soltera, no me interesaba amar y disfrutar de un pequeño romance. Él era amigo de una amiga, Marianne, se conocían desde pequeños y cuando me vio en una foto siempre tuvo intenciones de conocerme pero mi amiga nunca me lo comentó porque sabía que yo estaba en otra situación de mi vida, enfocada en conocer mi interior, disfrutarme y pasarlo bien sin necesidad de que haya alguien a mi lado.

Cuando Alex llegó a mí no lo podía aceptar, pero no hubo caso, caí rendida a él, su encanto como hombre me enloqueció de amor y a los tres años de relación decidimos irnos juntos a mi casa. Era un hombre muy ligado a la música, podíamos pasar todo el día con melodías y no nos aburríamos, por las noches veíamos alguna serie o película de terror y dormíamos abrazados formando dos almas en un cuerpo. Esa sensación de despertar con alguien a tu lado era muy placentera, lo observaba detenidamente y sentía su respiración en mi piel, con él veía mi futuro y no había nadie más que él.

Nuestra relación era como todas, con bastantes diferencias y en algunos momentos caíamos en el error de sentirse superior y cuál de los dos tenía más la razón hasta no cansarse. Esa situación nos llevó a que un día él tomara sus cosas y se fuera. Ese día jamás lo olvidaré, fue un dolor en mi interior que sentía que moría en vida, una desesperación de querer salir tras él y no dejarlo ir, pero mi orgullo e ira me llevó a dejarlo ir sin decir nada y pasé los meses más tristes de mi vida. Ahora tenía respuesta del por qué no tuve interés de conocer el amor, porque había más historias tristes que felices, pero la nuestra tenía un matiz que sin duda la repetiría una y otra vez. En este momento me hacía remecer todo lo enterrado, salía a flote ese sentimiento de quererlo y tenerlo nuevamente aquí, pero tengo miedo, este sentimiento que me tenía en la deriva y me hacía cuestionar si era bueno intentarlo otra vez o dejar que todo muriera sin importar el deseo o amor que hubiera de por medio. Después de escucharlo me di cuenta de que aún lo quería y lo necesitaba, no sé si era amor pero lo necesitaba conmigo.

Ahora me sentía como Marianne, si darlo todo o dejarlo todo. Me cuestionaba si lo amaba, la verdad no lo sabía, pero si era alguien muy importante en mi vida y que hacía de ella un éxtasis de emociones, difícil de explicar.

Vería qué era capaz de hacer por mí, dijo que no me dejaría ir fácil. Veríamos a lo que podía llegar con tanto amor que decía tener.

Al día siguiente, mi cara me delataba haber dormido pocas horas, me sentía un poco desanimada, no quería nada. Solo quería mi cama y mis ganas de recostarme por horas meditando sobre estos cambios abruptos que había tenido, sin embargo debía levantarme a toda costa, qué ganas de ser millonaria y no tener que depender de un jefe.

Mientras pensaba de esa forma servía mi almuerzo, con mi alma desamparada, como si estuviese sola en la sala de profesores. Hasta que se acercó Lorena, una de mis mejores amigas en el trabajo, mi *partner*. Llegó a mi lado sonriente y me preguntó:

—¿Viste al nuevo colega?

—¡No!

—Llegó un profesor nuevo, es de matemática.

Mi cara cambió de inmediato y mi postura se notó diferente. Me pregunté qué habría pasado con Rodrigo, se había ido de la nada y sin despedirse, qué mal, aunque no me agradaba mucho. Con ganas de querer saber quién era me serví rápido mi almuerzo y fui a la sala de sexto, el curso que me correspondía a esa hora y estaba él.

Al momento de ir acercándome cada vez más, sentía algo extraño, mi pecho se apretó y en mi interior se producía una electricidad difícil de explicar.

Ingresé a la sala y vi al profesor, me sentí pálida, con ganas de salir corriendo y dar un grito de desesperación. Al entrar lo primero que hice fue abrir mis ojos ultragrandes como si fueran a explotar y mi cara roja como tomate, mis únicas palabras que vomité sin pensar fue ¿y tú qué haces aquí?

—Hola, profesora, soy el nuevo profesor de matemática, ¿y usted?

—Soy la educadora diferencial que trabaja con el curso en las horas de lenguaje y matemática tres dos a la semana —al hablar me sentí una máquina. No respiré, no pestañeé y lo miré detenidamente, posterior a eso me fui donde uno de mis estudiantes. No me lo creerán, era Rick, el que conocí en ese bar y pasé días pensando en él y ahora estaba aquí y era mi colega.

Al término de la clase hablamos un momento, haciéndome la tonta después de mi actuación de asombro.

—Tuve unos problemas en el trabajo anterior y decidí buscar en otros colegios, me llamaron hace unos días atrás, vine a hablar y acepté, pero nunca imaginé que trabajabas aquí. Fue sorpresa verte entrar a la sala.

Luego de escucharlo fue inevitable no sonreír, en cierta parte me pasó algo al verlo ahí.

CAPÍTULO 3

Llegó el día

lex llegó a mi casa con películas y cosas para comer, yo sorprendida lo dejé pasar sin ninguna mala cara.

Me preguntó si tenía planes a lo cual respondí que no y me propuso ver mis películas favoritas, no me canso de verlas, La propuesta y Dónde están las rubias (ajajajaj, este hombre sí que conocía mis gustos y cómo hacerme reír).

Estábamos de lo mejor viendo y comiendo hasta que comenzó a hablarme, yo metida viendo como si fuese la primera vez, poco lo escuché hasta que me dijo:

—¿Te gustaría volver conmigo?

Ahí fue cuando casi vomito todo lo que tragaba. Con mi cara de anonadada le pregunté por qué hacía eso, de venir, traer cosas ricas y hablar como si nada sabiendo que esas películas me hipnotizan, sobre todo Ryan Reynolds, me encantaba ese actor, era inevitable no sonreír al verlo y era waaaaauuuu, una hermosura de hombre.

Volviendo a la pregunta de Alex, era un tanto incómodo, no quería estar con él, no quería una relación, quería mi libertad, poder compartir mis noches y momentos con quien yo quisiera.

Había tomado esa decisión, vivir la vida al máximo. Luego de pensar sobre eso, lo miré y le dije con simples palabras:

—Alex, lo siento, pensé en que podría darte una oportunidad, pero me doy cuenta de que es imposible, ya pasó mucho tiempo y yo soy de las mujeres que es o no es, y en su momento tú decidiste tener tu tiempo, hacer lo que quisiste y yo me quedé con todo ese dolor y te importó nada. Ahora soy yo la que no quiere y no tengo problemas en que vengas a mi casa a ver películas y comer, pero como amigos, ya no quiero nada de ti como hombre.

Ante esas palabras, Alex se paró rápidamente acompañado de una agitada y dolorosa respiración, se dirigió hacia la puerta y la cerró con un golpe que se logró escuchar a dos cuadras. Entendía lo que estaba sintiendo, pero la verdad ya era hora de pensar en mí y no era lo que quería en mi vida. A veces era difícil tomar decisiones que cambiaran todo tu rumbo, el hecho de que no estuviera era un cambio grande para mí. Como saben, nuestra relación estaba marcada en el romanticismo y la complicidad. Cada uno era perfecto para el otro, pero desde un día para otro tomó sus cosas y decidió partir, ahora decidía querer volver, sentía que el tiempo ya había pasado y volver atrás después de todo lo que me hizo sería recordar y vivir eternamente bajo esa incertidumbre de que un día caeríamos en un momento malhumorado y decidiría partir, correr del peligro antes de una solución. No quería vivir bajo tormentos y de emociones inestables que no me permitieran estar tranquila y disfrutar de la vida a plenitud.

En un momento me cuestioné cómo sería nuestra vida juntos; nuestra relación era fantástica de las relaciones que cada decisión la tomábamos juntos, que en momentos de romanticismos explorábamos nuestros sentidos para conocer aún más al otro y esas instancias me llevaban a lo más placentero. Teníamos una actitud de conquista, como el primer día. Me encantaba cuando me sorprendía con un abrazo por la espalda, sus besos lentos y apasionados, sentir sus labios finos y suaves; en cada oportunidad que tenía le daba un pequeño mordisco donde escuchaba un doloroso ¡ah!, alejándome de él y mirándolo a la cara con una leve sonrisa de travesura.

Ese hombre me encantaba y no me lograba ver lejos de él o con otro hombre a mi lado disfrutando de pequeños momentos similares. Cada vez que pensaba en algo así mi mente proyectaba su rostro y lo veía solo a él, me encantaba sentirme segura, pensar en que era el amor de mi vida, disfrutar mis días enteros y eternos a su lado, me sentía alocadamente enamorada y todo se desbordó de un día para otro.

Por eso decía que, aunque intentara pensar en volver y recordar todo lo vivido, siempre pero siempre estaría presente esa incertidumbre y dolor de aquel día que decidió partir por el simple hecho de discutir y no saber controlarnos, queriendo demostrar cuál era el león más poderoso en la jaula. Como consecuencia nos llevó a una vida hiriente, sin intentar remediar, momentos de soledad y no dio tiempo para buscar una solución, solo se marchó.

A los días después...

Sentí que debía empezar de cero y comenzar a pensar en mí, en mi bienestar emocional y mental.

Mientras llegaba al colegio vi a Rick conversando con el director, se notaba un ambiente de confianza y entretención. Fue una sensación extraña verlos así, porque yo que llevaba tres años en el colegio y nunca he estado con él bajo ese ambiente, en fin, pasé por al lado de ellos y les di un buenos días de forma plural pasando directamente a mi oficina. Cuando di la espalda me sentí un poco observada, pero caminé segura hasta llegar a mi lugar.

Luego tocaron el timbre de clases y me fui a sexto básico, estaba él arreglando sus cosas para comenzar la clase, en eso me acerqué a él para recordar que en la tarde debía juntarse conmigo en la hora colaborativa, con un tono rígido me dijo:

—No te preocupes, Gatribell, cuento con mi horario y sé lo que debo hacer dentro del día. De todas formas, gracias.

Fue ahí donde ardí en llamas y con ganas de alzar la voz diciendo ¡NO TE PREOCUPES, DE NADA! Pero noo, mi simpatía estaba presente y con una sonrisa me alejé.

Finalizando la clase se me acercó y me dijo:

—Gatri, disculpa si mi tono fue un poco pesado, pero una de las cosas que no me agrada es que me digan lo que debo hacer, y entiendo que hayas pensado que soy nuevo y no cuente con mi horario, pero esta mañana el director me lo dio, nos vemos —tomó sus cosas y se marchó, dejándome desconcertada en la sala de clases.

Salí a los minutos a buscar una taza de café y me fui a mi otra jornada de clases, con quinto básico lenguaje, era una de mis clases favoritas, además estaba con mi amigo y estábamos en proceso de realizar el taller. Mientras los estudiantes tenían su tiempo de trabajar la práctica independiente, nosotros organizábamos cómo va a comenzar el taller y debíamos hacer un afiche para invitar a que se inscribieran, era la parte inicial del taller, eso ya lo teníamos casi listo, ahora nos faltaba pegarlo en el mural del colegio para que los estudiantes se animaran a inscribirse. Pensaba que no serían muchos, con los que se inscribieran haríamos cosas grandiosas, me hizo feliz, era bastante motivador el taller.

Llegó el día de comenzar con nuestro taller y fue lo menos esperado, se llenó de nuestros estudiantes, con Manuel nos sorprendimos, no esperábamos tanto público y fue fabuloso.

Al día siguiente el director nos llamó a la oficina y nos felicitó por el encuentro literario dirigido a los estudiantes, estaba contento y propuso continuar presentando otras propuestas dentro de la semana.

Saliendo de la oficina me sentí con el pecho inflado de tanta emoción, sobre todo de realizar las cosas que me gustaban.

Al llegar la tarde le propuse a mis amigas juntarnos y nos fuimos al local Lunas. Fue extraño volver ahí después de mucho tiempo, ya saben con la persona que estuve y ahora lo tengo en el colegio, qué pequeño era el mundo, habiendo tantos colegios y llegar al mismo. Después de todo este tiempo les hablé a mis amigas de Rick, comenzaron con el cuestionamiento del por qué no les había hablado de su existencia en todo este tiempo a lo cual respondí que no era importante (dentro de mí estaba en duda, en el fondo y bien en el fondo sabía que lo podía ser), por lo que decidí no contarles. Lo conocí un día que salí sola a servirme algo, al momento de escucharme decir eso quedaron más sorprendidas a lo que me indicaron que debía contar todo, con lujos y detalles (típico de las mujeres, llevan todo a la imaginación con los lujos y detalles).

Al terminar con mi historia se quedaron calladas mirándome fijamente, fue un tanto incómodo ver tantos ojos sobre mí, saqué una risa nerviosa mientras pedía que dejaran de mirarme así. Lucy indicó que lo sentía, pero me veía enamorada y le sorprendía, no pensaba volver a verme así después de lo ocurrido con Alex, a lo cual se sumó Muriel indicando que tenía ganas de conocer al romántico y adorable Rick. La verdad, me sorprendían sus comentarios, les conté lo que ocurrió, ¿por qué tanto asombro de algo tan normal, una situación que se dio?

—Pues, Gatri, tu historia no es para nada común y la forma que cuentas te acusas a que te pasan cosas muy fuertes por ese hombre. Estás enloqueciendo de amor y no te das cuenta.

¿Qué podía decir ante tanta aberración? ¿Cómo podían pensar que estaba enamorada de alguien que poco conozco?

—Para ser sincera con ustedes, siento que mi atracción hacia él va por un lado carnal, me gusta su físico; les contaré un secreto, sin que se dé cuenta en los períodos de clases me quedo mirándolo por unos segundos y recorro lentamente todo su cuerpo y me encanta. Algunos de sus atributos más excitantes son su espalda, sus manos...

Caí en ese pensamiento de recorrerlo con una mirada desnuda, pasar mis manos recorriendo lentamente por su espalda mientras mis labios pasaban por su cuello hasta llegar a esos labios bien marcados y sobresalientes que tenía. Ese hombre me enloquecía, creo que ya lo había dicho antes, pero debía aclarar que no sentía nada por él, solo ese deseo carnal de tenerlo entre mis piernas.

Hacía unas semanas pensaba, mientras planificaba en mi oficina, dirigirme a su sala, hablarle bruscamente, tomarlo de su camisa y arrancar sus botones sin dejarlo hablar, vaciar el escritorio y apoyarlo mientras mis manos deslizaban por sus muslos hasta sentir su erección para luego recorrer lentamente hacia abajo con mi lengua. Gemir con locura sin que nadie lo notara, dejar que hiciera lo que deseara con mi ser… Continúo con mi labor y sentía que golpeaban la puerta de mi sala, me levanté sin pensar quién podría ser y era él, con su abrigo negro de camisa y sus pantalones ajustados, no lo podía creer, decreté lo que pensaba pero faltaba la parte más importante en que él me tomara y me llevara a mi escritorio hasta hacerme gemir de placer, todo iba bien en mi mente hasta que escuché «si continúas aquí te quedarás encerrada hasta mañana, cerrarán el colegio».

—Gracias, Rick, por tu información, arreglaba mis cosas para ir a casa. ¿Te gustaría ir por un café? Te invito a mi casa a servirnos un café y conversamos un rato.

—Gracias por tu invitación, pero la chica de la biblioteca me invitó a un bar…

….bar…bar…bar…chica…chica… fue lo único que hubo en mi mente por unos segundos y mi cara de boba que nadie me la quitaba, ¡no podía ser! ¡¡Maldita estúpida qué se creía!! Invitándolo a un bar… Me fui a casa furiosa como nunca antes en mi vida, jamás pensé volver a sentirme molesta por un hombre… qué desagradable.

Llegué a casa, encendí mi chimenea, música, café y un cigarro; mientras meditaba por qué me sentí así, por qué traté de «maldita estúpida» a mi querida y odiosa colega, solo esperaba que fuera totalmente aburrida y solo deseara ir a casa.

A la mañana siguiente, día viernes por fiiin... Mi corazón latía de alegría por el fin de semana largo que se avecinaba. Como imaginarán mi cara brillaba con una sonrisa pepsodent, lo mejor de la vida eran los fines de semana largos, aunque no tuviera ningún panorama, qué pobretona era mi vida pero soy feliz en mi casa, mi joyita de la vida.

Me encontraba en la sala de profesores y se me acercó Rick, al verlo tuve una sensación extraña. Mi estómago se agitó a tal nivel que un vómito sorpresivo se asomaba, logré controlar mis impulsos y no hubo vómito en frente de Rick. Se perdió la escena más sensual que ningún hombre en la vida generó en mí. En eso comenzó a hablar.

—Gatribell, ayer me invitaste a servirnos algo y como ya estaba comprometido estaba en la obligación de rechazar tu propuesta. Por lo mismo quiero ser yo quien invite ahora. ¿Te gustaría ir a servirte algo conmigo?

...¡¡¡ahora sí que vomitaba!!! A veces soy tan hu... na y tengo reacciones tan estúpidas, ¿se imaginarían lo que hice? ¿Tendrían en mente cuál fue mi reacción ante tal petición? Pues ¡fue NADA! Moví mi cabeza diciendo no, mientras pensaba qué hacía, ¿por qué a veces las personas desean tanto algo y cuando llega actúan de una forma tan descerebrada? Quisiera saber por qué respondemos lo que no queremos, yo lo que más he hecho en este tiempo es pensar en él, ¡en ese ser que estaba frente a mis ojos y rechazaba lentamente con mi cabezota! Lo bueno es que tengo una mente demasiado rápida y reaccione...

—Oka, juntémonos a salir.

—Bueno, pero también te quiero decir que invité a Milena. Me agradó bastante y le dije que saliéramos los tres.

Luego de escuchar esas palabras comprenderán que poco ánimo tenía de querer salir, era algo muy extraño que me pasaba con Rick, lo quería solo para mí, me había vuelto una persona posesiva y sumisa a sus ojos. Finalmente, llegó el día de nuestra salida y nos juntamos los tres. Debo admitir que fue una buena junta, pero Milena no podía sacar sus ojos de encima de Rick, eso me incomodaba y me volvía como una gata con intento de marcar territorio, pero luego me calmaba porque nosotros no somos nada y él tenía todo el derecho de coquetear con quien le placiese.

Al llegar a casa pensé en que no debería esperar a que pasara algo mágicamente y llamé a Rick…

—Hola, Rick, ¿cómo llegaste?

—Hola, Gatri, me sorprende tu llamado, hace un rato estábamos juntos y tú estuviste muy callada y ahora me llamas…

—Sí, Rick, pero bueno, te llamo para invitarte a mi casa, si es que puedes o no tienes algo que hacer.

Tuvo su momento de silencio mientras yo sentía mi corazón latir mil por horas y no dejaba de pensar en escuchar un sí hasta que me lo dio.

—Bueno, no tengo nada que hacer y me agrada tu idea, voy para allá…

—Ok, ¡te espero!

¿Qué creen ustedes que hice luego de cortar? ¿Ir a mi sofá y relajarme? Pues nooo… se equivocan, salté de alegría gritando y corriendo por la casa YUUUU-JUUU DIJO QUE SÍ, ¡¡OH, DIOS, GRACIAS POR ESTO!! Corría y corría por la casa hasta que decidí darme una ducha antes de su llegada…

Llegó Rick y mi respiración se agitaba pero debía calmar mi emoción, no quería parecer una mujer desesperada, pero era algo que no podía controlarlo, lo deseaba, si supieran cuánto deseaba a este hombre, no llegó a mi vida por arte de magia, tampoco lo busqué, no lo esperaba para mí.

Nos servimos unas copas de vino mientras platicábamos, nos sentíamos nerviosos, la temperatura estaba subiendo por lo que debí bajar la combustión, nos acomodamos en la alfombra y continuamos bebiendo hasta que Rick lentamente se acercaba a mí, me miraba a los ojos con tanta tenacidad, me acomodé lentamente a sus brazos dejando de lado la vergüenza, comenzó a acariciarme el mentón, mi frente, mi cabello y terminó besándome la mejilla que me hizo cerrar mis ojos y luego volteé mi cabeza mirándolo de frente. Nuestros ojos se conectaron y nos quedamos así por un buen momento.

CAPÍTULO 4

Nada parecía ser cierto

n día me llamó el director para dar aviso que mi contrato terminaba sin ningún motivo claro. No sabía si lo que me decía era cierto o una broma, no tenía fundamentos tangibles para tal decisión. Mi trabajo lo hacía con mucho esmero, entregué bastante tiempo en esos tres años de servicio a la institución. Luego tomé mis cosas y me fui a casa resignada y herida con la noticia. Sentía que no lo merecía.

Llegó fin de año y mis colegas me hicieron una despedida. Fue todo tan emotivo que me la pasé a moco suelto llorando por tal decisión. Cuando me iba se me acercó el director y me dijo que me extrañaría, pero no había mucho que hacer, el término de contrato venía de más arriba. Mi corazón cayó hecho trizas al suelo y mi desconsuelo desconcertó a mi jefe que lo llevó a abrazarme y decirme que fui un gran aporte en el colegio y si fuese por él me habría dejado.

Pasaron los meses y yo en búsqueda de trabajo, me sentía angustiada, con miedo de no encontrar trabajo, las cosas me estaban pasando la cuenta a tal punto que esa chica relajada ya no existía. Encontré trabajo en una tienda para sustentar mis gastos, el sueldo era el mínimo pero sobrevivía que era lo importante para mí.

Un día, luego de salir del trabajo un tanto agobiada pensando en qué momento me llamarían de algún colegio, decidí ir a la plaza a pensar y tomar un rato de sol para vitalizar mi energía. De repente se me acercó un hombre a entablar una conversación conmigo, fue ese típico sentimiento de por quéee justo ahora me hablan, ¡¡quiero estar solaa!!... Pero no pude ser pesada y cortante, y respondía a sus comentarios. En un momento me miró fijamente a mis ojos por unos momentos haciéndome sentir incómoda. Era un hombre alto, delgado, de tez trigueña y usaba una barba sutil. Comenzó a decir algunas cosas de mí que me hicieron prestar mucha atención a sus palabras. «Eres una mujer fuerte, capaz de hacer muchas cosas, pero hay algo que te está estancando. Tenías una relación de años que terminó por problemas de comunicación...» Me sentía estupefacta con sus palabras, me preguntaba quién sería ese ser que hablaba de mí como si me conociera de años... ¿Lo habrá camuflado Alex? ¿Lo habrá enviado para que me espiara y me conociera? No aguanté y le pregunté:

—¿Por qué dices esas cosas de mí? No me conoces, no sabes quién soy y lo que es de mi vida.

—Tienes razón, no te conozco, no sé quién eres, pero luego de ver tus ojos pude conectarme contigo y saber de tu vida. Ten cuidado, hay personas que no te quieren ver muy bien; no me lo creerás, pero a veces las personas que están más cerca de uno más daño piensan en hacernos. Si lo piensas es paradójico, lamentablemente es parte de nuestras vidas y lo que le toca vivir a algunos, como tú.

En eso se levantó y comenzó su rumbo sin decir nada… Lo miraba mientras él se alejaba de mi vista y pensaba en que era una mujer que creía mucho en las cosas paranormales y no pude dejarlo ir sin antes saber más de lo que él vio en mí y lo seguí. Caminé tan rápido como pude, pero no hubo caso, perdí su rastro. Pasaron semanas y siempre me iba al mismo lugar esperanzada en que podría volver a encontrarme con él, guardé su rostro en mi disco duro mental.

Un día fui a hacer trámites y me dirigí al Parque Ecuador, necesitaba un momento a solas, sentía que todo estaba mal a mi alrededor. Mi mundo tranquilo se estaba yendo de a poco, Rick se alejó de mí, ya no tenía a mis amigas, me sentía vacía y nadie podría entender el sufrimiento que tenía en mi cuerpo; intentaba volver a amarme, creer en mí, ser fuerte y pensaba siempre que el control lo tenía. Solo debía empoderarme de mí misma para llegar a ser lo que quisiera ser. Mientras pensaba esto vi a un hombre con cartas, esperando a que alguien como yo ser acercara, ¿qué creen ustedes que hice en ese momento? Pues digamos que desconfíe pensando en que algunos abusan de los creyentes esotéricos, pero recordé a aquel hombre que se me acercó y decidí ir…

—Hola, ¿cuánto sale verme las cartas?

—Hola. No creas que todo en la vida es dinero, para mí esto es un arte y si puedo ayudar a alguien con mi granito de arena soy feliz.

—Lo siento, pensaba que cobrabas… ¿Me las podrías leer?

—Ok, ¡vamos! Debes revolver las cartas y dividir el mazo en dos. Debes estar concentrada en todo lo que quieras saber sin pensar en ningún resultado. Mentalízate y entrega tu energía a ellas, que darán su respuesta.

Comencé a pensar en mi vida, los cambios que tuve y el por qué, pensé en Rick y Alex, qué ocurrió y mis sentimientos macabros en lo que pensaba.

—Dime, cuál es tu nombre.

—Soy Gatribell.

—Ok, Gatribell, acá sale la carta de la virtud, dice que eres una persona muy segura y toda decisión que tomas lo haces son sabiduría y con un bien. En la carta del amor aparecen dos personas, pero también espadas, hay algo externo que está colocando trabas en ti. Eso solo tú puedes saberlo, pero también sale que hay alguien más en tu vida a muy pronto de conocer. Quizás hay una persona muy importante en ti que impide poder avanzar y entregar lo que sientes a nuevas personas que podrían ser un bien para ti.

—Woow... primero, sorprendida por tanta información... Segundo, hay otra persona por conocer... nooo, por favor, no más me basta con los problemas masculinos que tengo en mi cabeza.

—¿Te has alejado de alguna amiga?

—Sí, bueno no yo, sino que ella.

—Mmm... entiendo. Mira, esta carta me indica que una mujer te tiene demasiada envidia, pero es algo que ni ella puede entender por qué le sucede. Se ve la carta de que indica confusión, pero ten cuidado... Te podría invitar a conocer una amiga, ella te puede ayudar mucho en algo que no te puedo entregar yo solo, si te interesa.

—Sí, me interesa. Llévame donde ella, por favor.

Llegamos al lugar. Era una casa grande con muchos ventanales. Al entrar sentí un aroma a romero, ruda, canela. Denso y me recordó a mí, muchas velas de todos colores. Mientras observaba escuché que alguien bajaba lentamente por las escaleras.

—Hola, ¿cómo te llamas?

—Hola, soy Gatribell. ¡Un gusto!

—Me alegro de que estés aquí con nosotros. David te trajo y debe ser por algún motivo. Yo soy Margareth.

Miré a David y mi mente estaba en blanco. No sabía por qué decidí ir a una casa con gente desconocida, sentía que estaba entregando mi confianza a personas que no conocía.

Tomé asiento. «Siéntete en casa». Mientras preparaba unas tazas de té se sentó frente a mí y me observó, igual que aquel hombre que vi en la plaza de armas.

—Gatribell, veo en ti algo muy poderoso, no quiero que te asustes con lo que diré… Veo demasiada envidia, tu aura está negra camino a la muerte.

Al escuchar eso mi corazón comenzó a latir mil por horas, me sentía con angustia y ganas de llorar, pero me hice la fuerte.

—Veo que estás sufriendo por amor, te alejaste de alguien muy importante para ti, pero también te acercaste a alguien que crees ser el indicado, pero no lo es. Veo que tenías una vida acomodada y tranquila, tu espacio seguro, cosa que ahora no está. En tus ojos veo soledad, tristeza y miseria.

No pude más y mis lágrimas comenzaron a caer lentamente, intentando controlar ese llanto de angustia que podría brotar en cualquier momento.

—Necesito que te relajes, te puedo ayudar en estos momentos difíciles pero necesitaré que seas paciente y dispongas de fe. Mañana trae en una botella con tu orina y algodón, necesito ver algunas cosas.

Me fui a casa con el corazón partido, pensando en el por qué a mí, no debía pensar así, la ley de atracción con mis pensamientos negativos brotaba por mis poros. Llegué a casa, me duché, me puse la pijama y decidí dormir ansiosa a lo que podría ocurrir al día siguiente.

Llegué a casa de Margareth llevando lo que me solicitó, fue un poco asqueroso llevar orina en un frasco aunque fuera mía. Llegando a su casa estaba demasiado nerviosa a las cosas que me fuera a decir, pero a la vez pensaba en que no sería tan terrible. Al ver mi orina se dio cuenta de que alguien me había hecho un trabajo… fue ahí cuando mi corazón comenzaba a latir fuertemente, yo entendía a lo que se refería con esa palabra y, haciendo un paréntesis, al recordar todo mientas escribo estas líneas escucho *Sweet Dreams* de Marilyn Manson quien le da un toqué más místico a mis pensamientos que ahora lees con algunas emociones extrañas y quizás preguntándote si lo que lees es cierto, pero es real. Margareth no me pudo entregar mucha información en la primera cita. Llegó la segunda cita donde me contó que ese ser mantenía un sentimiento doble estándar hacia mí, un sentimiento cambiante que a veces me amaba deseando todo el bien pero luego algo en su mente se apoderaba expresándome odio y lo peor que le podía desear a una persona, como que entrara en depresión, se separara de su ser amado y cayera en cama deseando desesperadamente que la muerte viniera por ella y sin comprender el por qué de su estado anormal. Todos dirían que no era natural porque nadie la llevaba a pensar o actuar así, pero se equivocan. Había una energía oscura tras ese ser de luz que solo deseaba bien para aquellos que la rodeaban, solo deseaba tranquilidad y que las cosas en su vida fluyeran positivamente, lamentable pero no fue así, era más, perdió amigas, amigos, pareja y se estaba alejando sigilosamente entre lágrimas de todo ser amado.

Luego de escuchar aquellas palabras la mujer me dijo que debíamos hacer un trabajo muy profundo que consistía en juntar una cantidad de dinero que no contaba en ese momento, pero no encontraba trabajo estable, me sentía sola y no sabía a quien recurrir. Me comenzó a presionar un poco con fechas para hacer el trabajo, ahora poco entendía por qué debía colocar dos millones trecientos mil pesos y enterrarlos. Pero verán, esto partió porque aquella persona que realizó este trabajo quería verme demasiado mal en mi vida personal y social. Me robó el valor que todo ser tiene en su cuerpo, ese valor con el que te miran el resto de las personas, el cual uno nunca ve hasta que te lo hacen ver. Ese valor que entregas y el resto puede percibir mediante conversaciones hasta incluso con el amor.

Comprenderán que, conociendo una parte de mi vida, estaba en bancarrota y no tenia un puto veinte para poder entregar y poseer nuevamente un valor en esta sociedad, y así volver a ser la misma Gatribell que robaron, pues sí, le entregué ese concepto a aquella acción que hicieron en mí, un ladrón de cuerpo.

Verán, la tercera cita me entregó más información con respecto a los métodos que estaban utilizando. Para mí, fue ese momento en el que comencé a escuchar mediante ecos sus palabras y mi cuerpo temblaba bajo sombras mientras el frío dominaba mi piel, haciéndola temblar y erizando cada parte de mí. El material que utilizó eran velas negras, en realidad, para ser más claras y llevarlo a la imaginación,

¿alguna vez han ido a un funeral? Está el cuerpo dentro de un ataúd y cuatro velas blancas en las cuatro puntas, mmm… esto era algo similar, imaginen una foto y en ella una vela color negro en cada una de las puntas y esto es lo más terrorífico, era bajo tierra en un cementerio… Mientras la oía decir cada una de esas palabras mi corazón latía y no podía para de decir por qué, por qué alguien querría verme tan mal, por qué existen personas que lo único que generan en esta sociedad es maldad. Producen mierda en sus cabezas y sentimientos, para ellos y para el resto que no debe por qué pasar por situaciones tan extrañas. Jamás piensas que podrías vivir una situación así, solo escenas de películas de terror, suspenso o trágicas.

Luego de toda esa información temerosa me preguntó cómo iba con el dinero, pues la verdad iba bastante mal, pero ella me alentaba a pensar en positivo y en que iba a lograr obtenerlo, luego me dijo que debíamos poner una fecha de entrega, solo tenía un mes y yo decidía fecha y día. Mi corazón casi se paraliza, cómo yo, una persona con pésima remuneración, demasiados gastos y con menos de diez mil en mi finanza iba a lograr obtener esa cantidad en tan solo un mes.

Aunque no lo crean lo logré, pero lo hice con demasiado esfuerzo y llanto de por medio. Me sentía temerosa a la vida, pensaba en que llegaría esa fecha y yo no iba a contar con el dinero y siempre ella mediante nuestras conversaciones me daba la seguridad de que sí lo haría, no sé cómo lo sabía pero lo logré y después de mucho tiempo lo pude entender. Entregué el dinero y me dijo que lo trabajaría para mí, así de a poco volviera a tener ese valor que me habían robado sin vergüenza alguna, sin temor al daño que estaban generando en una persona que no le deseaba mal a nadie. Más bien, soy una persona fuerte, insegura y segura; con miedo pero valiente, a veces con miedo los cambios pero estoy en constante cambio, es una paradójica vida, porque, aunque no lo crea, vivo de lo opuesto a lo que soy.

Pasaron los meses y cada vez me iba encontrando con más sorpresas. Alex aún estaba en mi conciencia, pero no lo notaba a causa de ese trabajo que poco a poco se estaba apoderando de mí y no solo de mí, de él también. Por eso es que de un día para otro decidió partir de mi lado sin ninguna explicación alguna. Nadie lo notaba, nadie se imaginaba lo que nos estaba pasando, solo pensar que se estaba acabando el amor.

Luego de llevar un poco más de un mes trabajando con Margareth mi mente abrió aquella puerta que estaba cerrada y me hizo recordar esos momentos de juegos, sonrisas, disgustos, tranquilidad, amor y, lo más hermoso que había en nosotros, una familia. Teníamos nuestros espacios decorados con amor que nos entregábamos, todo bello para que nuestro lugar fuese el más deseado para ambos, nuestra tranquilidad y ganas de continuar estando ahí en compañía del otro.

Los días, semanas y meses pasaban y mi agonía era como la temperatura: a veces subía, otras veces bajaba y ella estaba ahí consolándome, deseándome lo mejor y haciéndome sentir calma en algo que no lo tenía por donde se mirara.

Alex se fue muy lejos, ya no lo tenía cerca y nuestras conversaciones eran completamente cortas, amargosas y frías, de hecho, muchas veces me preguntaba por qué tenía esa necesidad de hablar o saber algo de él si las cosas acabaron hacía mucho tiempo y había hecho de su vida lo más simple como había podido. Me había enterado de que había salido con chicas y cuando tenía la oportunidad se había acostado con ellas y a mí me había envuelto un mar de lágrimas, no debería pero eso pasó, es más, él estaba en todo su derecho de involucrarse con otras mujeres, nosotros somos nada y yo podía hacer lo mismo, pero la verdad es que había sido cobarde. A pesar de ese mal tan grande que había caído sobre este cuerpo había algo fuerte que no podía ser tocado y era el amor que sentía hacia Alex. Jamás pensé que lo diría porque lo único que existía era rechazo de cuando lo vi salir de esa puerta y me dejó sola durante mucho tiempo y un día se me acercó como si nada hubiese pasado y me dijo descaradamente lo linda que me encontró.

Alex viajó a Concepción y nos vimos, coordinamos una junta para hablar de nuestras vidas y saber que había sido del otro durante todos estos meses de distancia. Horas antes de encontrarnos me había cuestionado si fuese bueno decirle las cosas que había hecho y no me había querido mencionar en nuestras conversaciones telefónicas. Algo me dijo que mejor lo dejara para otra instancia de junta para evitar momentos tóxicos que en realidad no los quería entre nosotros. Solo deseaba apreciar su sonrisa y poder mirarlo, mirarlo tantas veces como pudiera y grabar su rostro para cuando debiera partir poder recordarlo como el primer día.

Se preguntarán que pasó en mí después de todo lo que ocurrió y viví con Rick, ni siquiera yo comprendo lo que me provocó ese ser, ahora las cosas las sentía con otra armonía, mi norte me dirigía a otra dirección que no pensaba. Mi pasado estaba volviendo al presente y no era algo que esperaba, de hecho, lo creía sepultado pero no, estaba vivo y latente como tú, mi lector.

Aquel día que me junté con Alex fuimos a mi casa, nos sentíamos bastante ebrios y pusimos música, luego me dijo si quería probar algo diferente que te hacía conectar con otras cosas, entre risas y ebria le dije sí. Sacó de su bolsillo una caja diminuta y dentro tenía un cigarrillo de papel, lo encendió y comenzó a salir un olor extraño, demasiado fuerte. Comenzamos a fumar, después de un rato mi corazón lo sentía latir con más ganas, los sonidos estaban más claros, podía reconocer cada uno de los instrumentos y más que eso, pude comprender y sentir lo que mi corazón me demostraba en ese momento por Alex.

Era difícil comprender lo que podía seguir sintiendo por él después de un año de no saber mucho sobre su vida. Pensaba que ya estaba en una relación o comprometido, varios de sus amigos me hicieron mención respecto a sus buenas aventuras con chicas y eso hasta un tiempo atrás no me interesaba. Hasta que comprendí que el amor estaba intacto y desaproveché la oportunidad en que él me visitó desesperado con la intención de volver y me negué a esa oportunidad que no volvería a ocurrir. Había pasado tanto tiempo que ya las cosas habían cambiado en nuestras vidas, era otro hombre, otras visiones, proyectos y se había vuelto una persona individualista. En cierta parte lo comprendía porque era él y nadie más, podía hacer lo que quisiera y no tenía que pensar en otros o esperar entregar una buena visión de su persona para agradar al resto y lograr algo importante.

Su trabajo estaba de maravillas, me alegraba por él, había avanzado bastante en su vida y sus proyectos siempre se concretaban. Era un hombre con bastante fortaleza y cuando se proponía algo lo realizaba, aunque eso tuviera efectos negativos como alejarse por completo de aquella mujer que decía amar y no podía vivir sin ella, o sea yo.

Mientras estábamos en el proceso estupefaciente nos sentamos, mirando el techo de mi casa en silencio, mientras yo pensaba en que se veía más hombre, más hermoso que antes y me gustaba. Nos quedamos mirando a los ojos por unos minutos al comienzo me sentí un poco incómoda pero decidí relajarme y disfrutar de su mirada penetrante solo para mí. Nos sonreímos y nos fuimos acercando lentamente hasta que las puntas de nuestra nariz rozaron, vino un golpe feroz que nos hizo besarnos desesperadamente sin control alguno, quitarnos nuestra ropa y nos envolvimos con nuestra piel. Sentía su agitación y respiración fluir por mi piel, acaricié cada parte de su cuerpo y pensaba en que esto fuese eterno, preferí dejar de pensar y conectar mi mente con lo real, lo que estábamos viviendo en ese momento. Al finalizar nos recostamos desnudos y prendimos un cigarro, lo miré y mantenía una sonrisa en su rostro, me sentí feliz por eso, me daba a entender que lo disfrutó y le gustaba estar acompañado de mí. Luego escuché salir de sus labios que jamás pensó en que volvería a ocurrir entre nosotros y me di cuenta de que nuestra conexión seguía intacta.

—Te amo.

—Alex, debes estar confundido. Quizás esta situación te hizo recordar lo nuestro, pero a tal punto de que me ames, esto ya se acabó. Ha pasado un año de nuestro término y tú has hecho de tu vida, involucrándote con otras. Tienes tu vida hecha y jamás me buscaste después de haber negado la opción de volver y yo continué con lo mío. Por favor, no es necesario que digas las cosas sin pensar, debes estar claro de lo que te sucede realmente. Esto es bastante entre nosotros y dejémoslo ahí.

—No es necesario que comiences a indagar en mi vida y a sacar conclusiones. Estoy claro de que me he involucrado sexualmente con bastantes, pero eso es algo carnal, no tiene sentimientos y no me he involucrado con nadie emocionalmente después de nuestro término. Te dije muchas veces que después de nuestra relación sería difícil querer a otra mujer. Has sido y eres muy especial para mí, Gatri. Jamás amaré a otra persona como te amo a ti y espero jamás hacerlo. Siempre estuviste en mi mente, siempre te recordé como la mujer de mis sueños y la mujer de mi vida, pero no sé qué pasó entre nosotros. Jamás comprendí por qué un día para otro decidí alejarme de tu vida. Siempre estuvo rondando la idea de poder volver, pero la verdad algo me frena y continúo igual.

—Sabes, Alex, no quiero seguir escuchando tus palabras. Esto no es nada más que un reencuentro entre nosotros y dejémoslo ahí. No hay nada entre nosotros, más que recuerdos y emociones locas por todo lo que vivimos juntos. Nuestra relación fue hermosa y la verdad es que ahora necesito una ducha y descansar bien y tú deberías ir a tu casa.

—¡Ok! Veo que las cosas entre nosotros continuarán igual. ¡Buena onda, amor y desprecio, nos vemos!

Luego de escuchar sus palabras necesitaba de una ducha de larga duración hasta que mi piel quedara como pasa de tan arrugada para luego decidir salir como abuelita y ser otra persona. En una de esas mi mente estaría más clara, me sentiría con más años y mejores pensamientos, pero nooo... todo lo que ocurrió fue llorar, llorar y llorar por aquel hombre que siempre había querido en mi vida pero él no quería nada conmigo. ¡Todo esto es tan frustrante y lo peor era que todo fue generado con maldad, por envidia, MALDICIÓN! Ahora todo me calzaba, esto que me hicieron, de quitarle el valor a mi cuerpo generó que Alex se alejara de mí sin comprender su decisión. Solo lo hizo porque ese trabajo se interpuso entre nosotros y arruinó nuestra felicidad. Me preguntaba ¿cómo habrá en este mundo tanta gente con maldad? ¿Por qué causar tanto daño a personas que no le hacían nada al resto? ¿Por qué querer separar a una hermosa pareja que se encontraba en su mejor momento, logrando nuestras metas y de un día para otro se daban el derecho de entorpecer todo por una estúpida y cegada mentalidad de gente enferma que odiaba ver la felicidad en otros?

Recibí una llamada de Margareth que me decía que la persona que me hizo este trabajo era una mujer, la cual conocía bastante, bueno nos conocía y siempre sentía algo muy fuerte cuando nos veía juntos. Además, sentía muchos celos de todos los logros que había tenido en mi vida a causa de que todo lo había logrado sola y no dependía de otros... Todo esto me causaba repudio ante esa persona que no conocía del todo mi vida y los esfuerzos que había dado para lograr el punto en el que me encontraba, gente básica que creía que cada resultado no se realizaba con esfuerzo y te lo regalaban.

Pasaron dos meses y sentía que esto me estaba matando. Margareth me estaba limpiando y un día me dijo que debía pasarme un huevo por mi cuerpo y decir unas palabras. No entendía mucho el por qué el huevo, yo solo lo veía como un alimento rico en proteína y no un limpiador de cuerpo. Lo hice y lo llevé a nuestro encuentro en su casa. Cuando estaba con ella me generaba una sensación extraña, me sentía como hasta incluso en casa en su carpa. Cuando me iba volvía a sentir ese temor, que las cosas nunca acabarían y continuaría igual, bueno, le hice entrega de los materiales solicitados, me sentía nerviosa y pedí permiso para encender un cigarro. La situación lo ameritaba.

—Gatri, lo que ocurrirá ahora puede ser un poco fuerte para ti. Necesito que tengas confianza y fe para que resulte.

¡¡¡Wooow!!! Al escuchar sus palabras solo me hizo sentir miedo e inseguridad, pero decidí confiar y ser fuerte como siempre lo he sido.

Encendió un sahumerio y comenzó a decir algunas palabras. Le hizo un agujero al huevo y luego me hizo tomarlo con mi mano y repetir algunas palabras e incorporar un poco de mi saliva en su interior… No creerán lo que encontramos dentro de él, de hecho, si yo no lo hubiese visto con mis propios ojos lo más probable era que jamás lo hubiese creído pero es cierto, lo viví, lo vi y ¿saben? En el interior de ese sano huevo salió tierra de cementerio y gusanos, en pocas palabras mi cuerpo poco a poco se estaba apoderado de un aura negra, mi cuerpo sin verlo tenía tierra, gusanos y todo lo que conlleva un cementerio en una palabra: muerte.

Mi corazón latía a tal punto que en cualquier momento estallaría. Mi cuerpo tiritaba en suspenso y preocupación, ¿qué otras cosas más pasarían? Aparte de la difícil tarea de encontrar trabajo, la mala y estrecha relación que tenía con Alex, a veces existía para él y en otros momentos no era nada más que su ex. Me sentía sola, angustiada, no me sentía con ánimos de compartir con otras personas y me di el tiempo de pensar en quién podría ser capaz de disfrutar verme tan mal.

Comencé a pensar en todas las cosas que me decía Margareth respecto a esa persona incógnita y comenzaba a sospechar quién podía ser. Había algo que no había querido mencionar, pero hacía dos años que no sabía nada de mis amigas, todas siguieron su rumbo y una, una se alejó de mala manera de mí diciendo que «jamás fui su amiga, jamás le importé y nunca fui capaz de entregar mi tiempo a ella», cosa que no era cierto, era una amiga muy entregada, me preocupaba bastante por las personas que quería y eran importantes para mí, pero veía que jamás valoró todos los momentos que estuvimos en nuestras juntas, confesiones y momentos de darnos las fuerzas para continuar independientemente de todas nuestras adversidades, siempre estaba con una sonrisa en mi rosto, momentos de alegría y la risa era lo mejor para mí.

Por lo mismo decidí alejarme sin decir nada, desaparecer por completo de sus vidas y por su personalidad obviamente ella lo tomó de la peor forma, siempre viéndolo como un ataque y victimizándose ante toda actitud externa.

Luego de la última visita a Margareth no acordamos día para otro encuentro, nos llamábamos pero algo ocurrió y estuvimos varios días sin comunicación. Se podía decir que me había hecho dependiente de ella, necesitaba estar siempre en contacto y saber cómo iban avanzando las cosas y que me fuera informando de todo. A veces sentía que la aburría tanto que llamaba, pero realmente me sentía sola. Era un tema del cual con nadie podía hablar porque solo nosotras lo podíamos conversar. Ella siempre me decía que esto lo hicieron entre dos y debía terminar entre dos, pero comprenderán que yo no sirvo para guardar secretos y necesitaba botar con alguien muy cercano lo que estaba viviendo, me mordía la lengua para no hacerlo y moría por dentro cuando no teníamos comunicación, cada vez que hablábamos sentía un descanso en mi ser porque le podía decir todo lo que sentía y ella siempre me escuchaba y aconsejaba. Logré contactarme con ella y me dijo que las cosas se estaban complicando bastante porque aquella persona continuaba trabajando contra mí, aún así me daba la esperanza de que las cosas mejorarían. Cada vez que hablábamos temía mi relación con Alex porque aquella mujer que realizaba ese trabajo lo único que quería era verme alejada de él, de mi familia, amigos, amigas, y verme triste, en una depresión severa que me llevara a la muerte poco a poco.

Me armé de fortaleza y pensar en que las cosas en algún momento acabarían, sería la misma de antes y podría recuperar lo que me habían arrebatado, mi felicidad, pero cada vez que pensaba de esa forma ocurría algo que lo impedía. Me llamó Margareth diciendo que la habían atacado, vio sombras, escuchaba risas, palabras muy extrañas, y le destruyeron el material con el cual trabajaba para mí, perdió todo... Caí sentada en mi habitación, desesperada pensando cuándo acabaría aquella pesadilla, me sentía atemorizada en que me podría ocurrir a mí y por temor a eso me pidió juntarnos y adelantar alguno de sus trabajos. Viajé al lugar donde se encontraba, jamás había ido a ese lugar, quedaba a dos horas de donde vivía. Cuando bajé del bus la llamé pero no hubo resultados, su teléfono sonaba apagado y yo me encontraba en un lugar desconocido. Era seco, caluroso, se veía despoblado, por lo que decidí concentrarme y guiarme por mi intuición, pero me equivoqué, me dirigía a un lugar equivocado, decidí volver al punto de partida e intentar nuevamente contactarme con ella y continuaba apagado. Mi corazón se sentía desesperado y mis lágrimas comenzaron a caer por miedo de no encontrarla. Hasta que vi a una persona que se encontraba al interior de un colectivo, me acerqué a él y pregunté dónde quedaba el lugar que necesitaba dirigirme. Esa persona me llevó y logré encontrarme. Ella notó mi angustia y me decía que se intentó comunicar muchas veces, pero mi celular pasaba a buzón, en fin, había una fuerza maligna que impedía comunicarnos y me puso muchos obstáculos para llegar adonde ella, pero mi actuar y pensamientos fueron más fuertes.

Ese día me contó que en el trabajo anterior había salido dificultades, oscuridad, lágrimas, bloqueos, trabas y luz. Todo lo mencionado me ocurrió, cada vez creía más en sus palabras.

Al día siguiente me llamó y contó que tuvo que salir rápidamente de ese lugar antes de que pasaran más cosas. Los seres oscuros que estaban a favor de esa persona se rebelaron atacándola a ella y a los materiales con los cuales me ayudaba, por eso decidió crear un escudo protector para mí y para los lugares habituales en los que yo me encontraba. Ese escudo protector lo llevaba a todos lados y cuando me sentía decaída me daba aún más las fuerzas de poder seguir avanzando en este proceso difícil que me había tocado vivir.

Ella me dijo que Alex sentía algo muy especial por mí, pero no se encontraba muy claro de lo que quería por temor a volver a lo mismo, de un día darse cuenta de que ya no era lo mismo y alejarse haciéndome daño injustificado. Además, me comentó que en algunos de sus trabajos le había salido que él se había acostado con varias chicas, en su momento se vio que lo disfrutaba, pero luego pensaba en mí, se mantenía en pie pensando en qué estaba haciendo de su vida y yo debía estar haciendo lo mismo. Cuando escuché sus palabras mi alma cayó en un agujero negro, lleno de agonía y con miedo a perderlo más de lo que ya estaba perdido, pensaba en cómo podía volver a reconquistarlo sabiendo que aún sentía algo muy fuerte por mí, pero ella me hacía abrir los ojos y mantener la calma porque ahora como me encontraba era bastante difícil que eso ocurriera, haciéndome recordar que yo para el resto ya no era lo mismo, había perdido algo muy importante: el valor de mi cuerpo, sonaba ridículo pero todas las personas tenían algo importante que lo veía el resto, las ganas de hablarte, compartir contigo, el respeto, y a mí todo eso me lo habían arrebatado.

—Otra cosa que debes saber, Gatribell, es que él tiene intenciones de volver contigo, pero ese mal que está dentro de ti le impide hacerlo porque para él ya no eres la misma. Él está lejos y las cosas a distancia nunca resultan. Ha pensado en ofrecerte a que te vayas donde se encuentra, luego decide que lo mejor es que cada uno haga de sus vidas porque aunque lo intenten no va a funcionar. Pero es tan fuerte el amor que siente por ti que siempre te piensa, anda triste, angustiado y muchas veces ha llorado por las noches pensando por qué se dieron así las cosas entre ustedes. No tiene claridad del por qué él siente esto por ti, si tú has sido su gran amor y es entendible. Alex no sabe nada sobre lo que te hicieron y no solo a ti, a él también, trabajaron en él para que se alejara y perdiera el deseo en ti.

Al escuchar cada una de sus palabras me hacían perder el control de pensamiento, lo que debía hacer yo era pensar en positivo, que las cosas mejorarían y que pronto tendríamos buenos resultados. Al inicio de este trabajo pensaba en que solo yo quería sanar y lo que ocurriera con Alex no estaba dentro de mis prioridades al momento de ir avanzando y en nuestras conversaciones me fui centrando bastante en nosotros y comencé a dejar de lado lo que quería del principio.

Con Alex comenzamos a tener más comunicación, chateábamos de vez en cuando, a veces era muy cercano a mí. Hasta me hacía pataletas por celos creyendo en que yo estaba interesada en otro hombre. Eso me hacía pensar en que le interesaba bastante, pero algo en él cambiaba y se colocaba distante, hasta me dejaba de hablar y no respondía mis mensajes. Utilizaba un lenguaje monosílabo, me enfurecía, mi alma se llenaba de ira y me daban ganas de gritarle un ¡¡TE ODIO!!, pero realmente no lo sentía y no quería caer en el juego de falsas palabras.

Un día decidí proponerle junta y accedió. Nos quedamos en casa de un amigo toda la noche. Fue un poco extraño, era como si hubiese estado con otro hombre y no Alex, me sentía incómoda y a veces pensaba qué hacer. Esto ya era una actitud lejana, me cuestionaba cómo en tan poco tiempo podíamos cambiar tanto. Hacía un tiempo cada uno era el todo para el otro ahora daba lo mismo lo que pasara, de hecho, cuando nos acostamos me fui a la cama con la sensación de que todo era carnal. No deseaba este sentimiento en nosotros. Mientras pensaba esto recibí una llamada de Margareth. Como estaba con Alex no sabía quién era pero lo presentí y acerté, mis ganas de contestar fueron más grandes e hice parar a Alex y Margareth cortó.

Posteriormente recibí un mensaje donde me decía que tenía leves sospechas de una persona, mencionando sus rasgos, uno de estos era cabello negro azabache, morena y estatura promedio alta. Ese mensaje me sacó de inmediato de nuestro reencuentro, llevando mi mente a pensar en esas características y no podía imaginar que pudiera ser una de mis amigas. Me es difícil imaginar que una persona dice querer, respetar, entregar su tiempo en ti, saber de tu vida y, sin embargo, le causes envidia y ese sentimiento en ese ser oscuro sea tan mínimo para imaginar y actuar débilmente hacia tu persona. Ese pensamiento nefasto me dejó con crisis existencial sobre con qué tipo de persona te relacionas, en quién poder confiar y ser tú libremente, no temer del otro por su pensamiento de desagracia hacia el resto.

De pronto Alex me dijo que me sentía extraña, me preguntaba qué ocurría conmigo y si acaso ese mensaje que recibí era de otro hombre para comportarme de una manera tan fría con él luego de lo que estaba ocurriendo entre nosotros. Ese cambio en mí generó desconfianza y enfado en él, lo problemático era que no podía decirle la verdad y lo que menos me gustaba era caer en mentiras. Por un momento de mi vida me era tan fácil mentir y fingir lo que ocurría en mí y de pronto una luz vino a mí, cambiando ese mal maligno interno haciéndome una dulce paloma blanca.

Para cambiar un poco el ambiente propuse pedir esa comida que tanto disfrutábamos juntos, sushi, seee... deliciosa comida de la cual éramos adictos y disfrutábamos en nuestras noches de series o vinos musicales. Obviamente no pudo resistir a mi propuesta y terminamos subiendo todo o que habíamos bajado en nuestro placentero momento. Llegó el amanecer y la despedida se hizo presente, me dio un apretón abdominal y ganas insaciables que ese momento se hiciera eterno, por eso no dudé, aunque con temor, preguntarle a Alex si le gustaría que me fuera con él. Su cara de sorpresa me hizo cuestionar si le gustaba escucharlo o fue un fastidio cada fonema que salió de mi interior. Ese momento incómodo me ayudaría a saber en qué estábamos o en qué está él conmigo, yo me sentía segura sobre lo que planteaba. El ambiente se comenzó a tensar, era demasiado sensible en captar las energías de otro, además, su expresión cambió, aunque imagino que eso debía ser algo normal, creo. Ese creo en mi conciencia me tranquilizaba, al menos eso buscaba para aliviar mis ganas de escuchar un sí e irnos juntos y comenzar de cero, olvidar todo lo que había hecho mientras revivíamos experiencias hermosas como lo fue en su momento a su lado.

Todo lo mencionado ocurrió mientras Alex procesaba mi propuesta. Cómo la mente del ser humano puede generar tantos pensamientos y reacciones por medio de nuestro cerebro. La capacidad que tenemos es sorprendente, recuerdo una vez un libro que leí bastante interesante y mencionaba que uno es lo que quiere ser. Lo que piensas lo atraes y termina siendo parte de tu vida a lo cual lo llaman ley de atracción.

Lamento decir que Alex rechazó mi propuesta, por algo mi mente me llevó a otros pensamientos y así bloquear ese minuto tan extenso que lo sentí. ¡No entiendo por qué! Me sorprende todo lo que puede generar algo tan inexplicable. Muy pocas personas creen en brujerías, hechicerías, mal de ojo, mente negativa, lectura de cartas, reencarnación, otra vida después de la terrenal y entre otras cosas sobrenaturales con las cuales nos vemos insertos en nuestra vida.

Finalmente se fue, no sabía si volvería, no sabía si lo vería en otro momento y tampoco sabía si existiría un reencuentro en la otra vida.

CAPÍTULO 5

Nueva mente

a pasado un año luego de todos los cambios emocionales, mentales, físicos, vivenciales, sociales y no estoy exagerando.

Haciendo un recuerdo llevaba una vida bastante cómoda, amor, familia, amigos, sustentable, tranquila, alocada (porque mi locura sobrepasa mi estabilidad emocional, esos locos pensamientos generan desequilibrio mental. Así de claro). Ahora no tengo un trabajo estable, me alejé de mis «amigos», me siento sola, devastada, queriendo escapar de esta vida.

Ahora que lo pienso me siento cobarde, porque he llegado a pensar en no existir y conocer otros lugares inexistentes y pocos vistos, en realidad, nunca vistos.

Me imagino que la muerte debe ser fría, oscura. Ver al resto y nadie te ve a ti, solitaria, tener la capacidad de observar la vida terrenal, recorrer lugares, transportándote donde tú quieras, por ejemplo, ir a visitar tus familiares o a quien quieras y cuando estén en aprietos intentar ayudarlo. Me cuestiono si existen formas de poder hacerlo.

Tal vez sí las hay, pienso que la energía y materia existente, de la cual nos formamos de alguna forma, nos hace ser indestructible a causa de que la llevamos con nosotros hasta la otra vida. Con la que proyectamos nuestra presencia en la vida terrenal y todo aquel que nos lleve en sus pensamientos logre discriminar quienes somos.

Esa atmósfera que formamos al hacernos presentes, el ambiente pesado, según esas características, me lleva a pensar que el lugar extraño y desconocido es oscuro, frío, solitario, de lo contrario, aquellas presencias marcarían un ambiente más cálido, ¿o no? Luego me pregunto, ¿el lugar donde llegaremos será al vacío? Quizás nos transformamos en una estrella o nuestra energía es absorbida por una de ellas, quedándonos en algún lugar o vacío galáctico. ¿Qué opinan ustedes respecto a la muerte, queridos lectores? Es un punto de la vida que no todos van a percibir u opinar de la misma forma y es lo que me agrada. Conocer diversas visiones respecto a la vida, universo y muerte, que nos permite comprender diferentes estados por medio de las experiencias de vidas que nos llevan a reflexionar y concluir sobre los puntos que menciono.

Volviendo al tema inicial, con el tiempo comprendí que uno no termina de conocer a las personas y ese pensar me genera lástima. Pienso en que todos merecemos a alguien donde poder acudir, confiar, desahogar nuestro bien y mal. Finalmente, he llegado a guardar mis emociones para mí y transformarme en una persona solitaria. Debo confesar que me cuesta bastante.

Recibí una llamada de Margareth. Esto de pensar positivo y más introspectivo me sirvió de algo. En esa llamada me cuenta que esta persona está desistiendo con el trabajo que me hizo a causa de mi forma de ver la vida. La motivación personal intrínseca que he tenido después de todo el daño que quería para mí no le salió como esperaba. Mi mente intervino extrañamente como escudo protector personal, ahuyentando todo pensamiento maligno hacia mí por medio de mi paz interior.

Esto me confirma una de las ideas que tengo sobre la vida. Para comprender lo que digo, considero que la mente es bastante fuerte, a tal punto que uno puede atraer y concretar lo que quiere con solo pensarlo. Si es lo que realmente quieres para ti y eres seguro de sí mismo, manteniendo fuerza mental eres capaz de atraer todo lo que quieres. Esta forma de pensar proviene de lo que somos y he reiterado en varias situaciones y lo diré con una palabra, energía. La energía que proyectamos dice mucho de nosotros, hasta cuando llegamos a un lugar ¿acaso ustedes nunca han tenido esa sensación agradable o desagradable cuando se les acerca una persona? Bajo esa pregunta puedo decir que he percibido esas dos sensaciones en algunas personas, ¿o será que no todos logran percibirlo? En fin, la ley de atracción para mí es bastante válida y la he proyectado en mí diario vivir.

Recuerdo una canción de mi banda favorita que dice: *La vida comenzará allá cruzando el miedo, alrededor, todo hay que abrir, dejarse ir…* Estas palabras me hacen bastante sentido y es lo que he materializado últimamente con mis acciones. Dejar que todo vaya en su curso sin miedo y pensamientos negativos, ¿quiero un resultado positivo? Entonces pienso de tal forma que me permita seguir avanzando como lo he hecho últimamente.

Uno vive con miedo, hasta las religiones lo hacen sentir y de nada sirve porque no te permite vivir la vida al máximo. Tu mente se encuentra en constante estado de alerta con tu alrededor, por lo mismo pienso que lo mejor es dejar que las cosas fluyan activando mente positiva, en otras palabras, pensamientos modo protones activado.

Respecto a mi situación anormal, aún no tengo claridad en qué va a quedar, si me sanaré, volveré a tener un valor y que el resto lo pueda percibir. Es extraño que uno con su vida cotidiana y tantos deberes personales no se dé un tiempo para pensar respecto a lo que es, más allá de lo superficial y lo que quiere ser, porque ¿para qué estamos con cosas raras? ¿En qué nos enfocamos siempre? Mmm… ¿en las cosas que nos faltan? ¿Lo que queremos ser? Aunque ese es otro punto cuestionable porque ya somos alguien y creemos que no lo somos, entonces pienso que en el sistema donde nacimos no nos deja querernos por lo que somos, sino por lo que queremos ser como si no valiéramos al principio de nuestra vida, lo que vale es un documento firmado por una institución que te dice lo que eres.

Entonces, toda esta vivencia paranormal, por llamarlo de alguna manera, me ha hecho reflexionar sobre mí y espero que de alguna forma esto sirva en ustedes. Somos unos seres de luz que venimos a este mundo por distintos motivos y siento que el mío en esta vida es proyectar calma, reflexión, paciencia, querer lo que soy y no querer el que no eres y pronto serás, sino querer lo que ya eres en este instante, independiente de los fracasos que se hayan venido en tu vida.

Todos creen en algo, ya sea en una religión, en Dios, en un ser mitológico, en alguna doctrina, y puedo certificar por medio de estas palabras que he crecido creído en mí. He creído en el poder de la mente y ley de atracción.

Han pasado dos años de mi tortura, sé que aún no acaba. Margareth continúa con mi trabajo. Ahora no hemos estado con tanta comunicación porque decidí confiar mi vida en ella, sé que hará lo mejor para mí y mi futuro, además, quedamos en un mes más conversar y mantengo la idea de recibir buenas noticias, esperando acabar pronto con el maleficio de aquella persona.

Quedó en decirme específicamente la persona y como soy ansiosa, también curiosa, prefiero mantenerme un poco al margen, así no la aburriré de tanta pregunta y cuestionamiento.

Pronto vendrá el punto final de toda esta historia que les estoy contando y no sé qué será, pero sea lo que sea mantendré la frente en alto y caminaré sobre ese sendero que siempre me lleva al lugar adecuado. La serenidad y fortaleza es una de las mezclas que permiten avanzar sigilosamente como uno lo desea, son puntos fáciles de caer y con esa misma facilidad hay que levantarlas.

Mientras me servía un café recibí un mensaje de Alex. Mi corazón comenzó a latir desesperadamente, haciendo fluir rápidamente sangre por mi cuerpo.

> *Hola Gatri, cómo estás? Hace bastante tiempo que no me hablas y esperaba noticias tuyas. Espero saber pronto de ti y debo confesarte que te extraño, estos últimos días he pensado bastante en ti recordando nuestra vida juntos.*
> *Recibido*

Ahora sí que explotaré de tanto bombear sangre. Mi presión arterial aumenta haciendo resaltar mis venas más ocultas que nunca podían ver las enfermeras.

Me cuestiono el responder porque no sé qué estará pasando por la mente de ese hombre. ¿Estará aún enamorado de mí o será que le bajó el amor por unos momentos y luego vuelva el desprecio sutil que tiene para arrancar lentamente sin que yo lo note?

Entraré en el juego de las palabras, la seriedad que le doy a mi vida con Alex se irá al olvido y caeré en el juego de la vida, donde dejaré que las cosas fluyan en el ritmo que debe ser. Sin necesidad de apurar, solo disfrutar.

Holaa Alex, me encuentro extremadamente bien, me sorprende tu mensaje, la verdad no lo esperaba. Me alegra saber de ti y espero que disfrutes a plena la vida que tienes, anhelo vernos pronto y compartir algo juntos, así conversar sobre los sentimientos que me expresas.
Enviado

Durante estos meses me he propuesto buscar trabajo en mi área y enfocarme más en mi persona. Siento que he entregado bastante para todo lo que he recibido, sin embargo, no es para quejarme, cada uno toma las decisiones y actúa como quiere. No soy digna de quejas si no cambio lo que me molesta.

Me han llegado varias propuestas laborales, mi problema es que son todos lejos y nunca pensé en irme de Concepción, mi zona de confort, donde tengo y conozco todo.

Las propuestas se encuentran en Calama, Temuco y una isla de Chiloé. El calor me asquienta, por lo mismo no podría vivir en un lugar caluroso. En cuanto a la lluvia, me gusta al igual que el frío, por lo tanto la isla de Chiloé sería mi primera opción. El tema de irme es la lejanía y si me pasa algo y estoy sola, no me gusta, me quiero venir o el ambiente no es para mí, ni siquiera sé lo que me encontraré en ese lugar. Para ser más clara, nunca había escuchado esa isla en toda mi vida. Después de tantas vueltas y preguntas que surgieron en mi mente llegó el momento de tomar una decisión porque no podía dejar esperar tanto sino lo joderé y me quedaré sin pan ni pedazo, es tan claro ese refrán.

De tanto pensar y siendo bastante practica a mi decisión opté por esa isla desconocida que se encuentra en Chiloé. Lo desconocido me atrae, despierta la curiosidad en mí.

Después de dos meses sin tener comunicación con Margareth, me llama para decirme que ya tiene claridad sobre la persona que realizó el trabajo deseándome el mal.

Me indica que esta persona ha estado muy cerca de mí. En varias situaciones se acercó a mi familia con la intención de generarme conflicto con ellos. En cuanto finaliza comento que esto ya me está colapsando y cada vez lo encuentro más oscuro. He llegado a desconfiar de todos. Margareth me incita a no perder la calma. La fe y la esperanza están conmigo, no soy de creer en Dios, le digo con una voz suave para no pasarla a llevar. Sin embargo, me dice que va más allá de creer en un Dios, la fe que llevo internamente es tan fuerte como para mover montañas y rocas. Mi mente poderosa atrae cosas bonitas que aunque, ese ser oscuro quiera lo malo en mí, sus resultados no serán como lo esperan.

Cada vez que me dice lo que piensa de mí me doy cuenta de lo ocupada que estoy en mi vida y no me doy el tiempo para reflexionar sobre lo que soy capaz de hacer. No me doy el tiempo de pensar en lo que soy capaz como ser humano. Cada experiencia de vida hay que considerarlas y aprender de ellas, hasta con las más dolorosas. No basta con dejarlas ir, pensar el por qué, sino cómo ocurrió, qué efecto tuvo en mi vida, qué gané, ya sea positivo o negativo, y de acuerdo con esas respuestas dejarlas ir y quedarse con lo que vale en nuestras vidas.

CAPÍTULO 6

Transición

ecibí el llamado de un colegio donde necesitan a profesoras. Lo cuestionable es que no es mi zona de confort, debo confesar que jamás he salido de Concepción para trabajar a otros lugares. Mi vida se transforma en aventuras inexplicables y de alguna manera hay que volar alto. Mientras sigas tus sueños no hay justificación alguna.

Decidí unirme a esta aventura sin pensar en sus resultados, ya es hora de conocer, salir de mi atmosfera segura y vivir otras experiencias. Como siempre digo, independientemente de sus resultados.

Pasó una semana después de mi entrevista, el lugar específico desconozco porque nunca he ido, solo me queda esperar el llamado al cual confío positivamente.

Mientras conversaba con Margareth sobre este nuevo cambio que estaba teniendo intensamente, me da más confianza a que todo saldrá bien, mientras que mi mente se encuentre positiva. Hay que seguir recordando que la ley de atracción existe y lo he manifestado en muchas situaciones. Entiendo que hay momentos que nos dificulta ser tan positivo y para ello debemos darnos el tiempo. Ese tiempo que nos permite reflexionar sobre nuestro actuar, porque somos lo que queremos ser y esto se refleja netamente en nuestro actuar.

Al fin, como lo esperaba, recibí el llamado y era para mí. Mi alma explotaba de tanta emoción por lograr una de las cosas que tanto deseaba. Con la llegada de un granito de arena sentía que iba floreciendo luego del invierno existencial.

Comencé a organizar el viaje que pronto debía tomar para continuar con un cambio que sería para un bien mejor.

Pasaron los meses de mi llegada a este hermoso lugar y logré sentirme plácidamente confortable, en proceso de renovación espiritual, notando aquellos colores que mis ojos o lograban percibir por ese agujero negro que me tenía absorbida.

Los amaneceres se reflejaban en las pupilas de mis ojos, el arcoíris se hacía presente con mayor frecuencia, deleitando sus magníficos colores. Disfrutar de los sonidos de aquellas aves que se asomaban a mi ventana celebrando un nuevo día de calma y emociones que me permitieran continuar avanzando después de todos los saltos que he dado en esta angustiante situación que no sé cuándo acabará.

A grandes rasgos les puedo contar que el lugar es maravilloso, me encuentro rodeada de naturaleza, cerros, mar, desconectada de la ciudad, solo noto calma, silencio y un rico aroma en los aires.

Mi trabajo es lo que me apasiona. Como todos, a veces deseamos ser libres en todo lo que conlleva el concepto libertad, sin embargo, me siento libre. Después de mucho tiempo pensando en todas las dificultades que me han entregado en la vida he sentido que todo cambio es por un bien que nos permite crecer de manera sabia, también esa palabra tiene un valor supremo que con el tiempo he podido comprender por medio de las vivencias, esas que son parte de nuestras historias gloriosas que al principio nos llevan a una decepción existencial, acompañado de cuestionamientos que solo me hicieron reflexionar más que encontrar respuestas.

Retomando la experiencia de llegar a un lugar demasiado lejos, sin conocer aunque fuese una personita, encontrándome en un plano de alivio, superación, tranquilidad, mi interior.

Después de mucho tiempo, Margareth se volvió a comunicar. Mi situación abrió esas puertas de mi corazón que había cerrado con angustia y desesperación de agonía. De pronto me dice:

—Gatri, estás aliviada de todo ese mal que hicieron en ti. Estás libre de todo mal augurio que pueda existir. Estás libre de todo pensamiento negativo que te puedas imaginar. Y lo más importante, es que ya nada volverá a ti. Vuelve tu aura transparente, blanca de pureza.

Ahora entiendo el porqué me sentía así, todo tiene una explicación lógica, mi sensibilidad a las energías han sido evidenciadas con mi propio ser.

Luego de aquellas palabras saliendo de Margareth con un tono angustiante, desvanecida luego de tanto trabajo en el proceso, oía en su tono suave, un mensaje de reflexión sobre el mal, pero ese mal que no todos lo llevamos al odio, sino, al amor, ese amor posesivo que te conlleva a generar pensamientos negativos sin querer hacerlo. Amar es un concepto demasiado amplio y subjetivo donde uno puede llegar a dar la vida por una persona y, en cambio, otro puede dejar ir a ese ser que dice amar. Entonces, escuchando sus palabras, no comprendía a lo que quería llegar hasta que de pronto me dice delicadamente que Marianne me ama del amor ambiguo y posesivo, donde podría querer hacer el bien y termina haciendo el mal. Con un impulso agresivo, desesperado y un tono bastante golpeante, pido que por favor sea directa.

—Marianne te hizo el maleficio por temor a perderte como amiga, siempre estabas con ella en tus momentos deprimentes. Tu personalidad es bastante autónoma a tal punto que no dependes de alguien para seguir viviendo a comparación de ella, porque necesita de tu cercanía, de tus palabras, de tu acompañamiento, de tu ser. Entonces, comenzó a ver en ti, luego de conocer a Rick, una independencia. Ya no la llamabas para hablar de tu vida y le generó rabia amorosa, aunque suene extraño.

Sus palabras fueron clavos en mi interior, mis oídos sangraban, por cada fonema saliente de la boca de Margareth, preguntándome ¿cómo una persona tan cercana, amiga, casi hermana, de esas personas que saben todo, perfectamente todo de ti... puede generar este tipo de mal en alguien que no ha hecho nada más que entregar amor? Tan simple como eso, entregar amor.

Comencé a generar *flashback*, recordar nuestras conversaciones respecto a Alex, luego que ella me lo presentara me llenaba de interrogantes, si en realidad lo que sucedía entre nosotros me hacía feliz, si me sentía enamorada y en verdad logré proyectarme con alguien que no esperaba.

Es cuando comienzas a interrogarte si eres capaz de confiar, de volver a mirar a esa persona con los mismos ojos de siempre o de generar un temor a lo que pueda ser capaz de hacer.

Pasaron los meses y en mis sueños aparecía todo lo que viví, gritos de agonía despertaban en mi interior. Hasta que un día decidí ir al psicólogo porque ya no daba más de los sueños y el insomnio que me causaba todas las noches.

En mi primera consulta me sentía extraña, mis manos sudaban, mis palabras no podían salir de mi boca y eso es bastante extraño, lo que más salen de mi interior son palabras de nacimiento, habladora hasta el fin, excepto aquí. El psicólogo me hacía preguntas para entrar en confianza, hablar sobre lo que me gustaba hacer para volver mi seguridad y él que me contaba de sus anécdotas para hacerme sentir que de alguna manera podría confiar en él. Luego de pasar un buen rato en esas condiciones, comencé a soltar palabras ahiladas que obviamente dificultaron la comprensión del especialista, hasta que comencé del principio, cosa que debí hacer al momento de comenzar con la intervención.

A medida que iba contando lo sucedido su cara se iba deformando, ahora, en ese momento no sabía cómo interpretar sus expresiones porque me cuestionaba si creía o no a mis hechos. Pasó la hora y tuve que volver otro día porque Dante, el profesional, tenía más pacientes. Me acerqué a la secretaria para solicitar otra hora y me retiré de la consulta con una sensación extraña. Me cuestionaba si en realidad me serviría, finalmente es volver abrir heridas e incertidumbre que durante el proceso, gracias a Margareth, mi mente, fortaleza, seguridad y otras cosas más me permitieron avanzar. Sin embargo, dentro de mí tenía la necesidad de hablarlo con alguien que no me conociera, no sepa nada de mí y que según yo lo guardaría en aquella habitación de cuatro paredes, las únicas cómplices fuera de él, las hermosas paredes envejecidas que tenía su consulta.

Llegando a la segunda consulta apareció esa interrogante si él fuera capaz de creer en mis acontecimientos. Existen muchas personas incrédulas a estos temas y es respetado. Al ingresar a esa consulta pensé simplemente que debía ser invisible a mis ojos, simular una conversación con mi espejo como muchas veces lo hago y es satisfactorio. Ahora que lo pienso, podría haber tomado esa elección como terapia; muchas veces en mis situaciones críticas, no igual a esta, he tenido buenas reflexiones en cómo acudir y lograr avanzar. En fin, era hora de entrar y volver a renacer las emociones que poco me dejaban soltar cada palabra.

Finalmente, en última sesión hablamos, me solté a tal punto de dar cada detalle a lo más mínimo. En las consultas anteriores lo observé con la típica postura de un psicólogo, pierna cruzada, postura entre rígida y encorvada, con mirada penetrante, como si mediante mis ojos pudiera descubrir algo y lo infaltable, una agenda y un lápiz donde dejaba pocos escritos, quizás punteo de lo que íbamos hablando. Esta vez sucedió algo distinto: su postura me indicaba lo interesado que estaba en escucharme, su mirada no salía de mis labios y mis ojos, su lenguaje corporal me transmitía el mensaje de «sigue hablando y no pares», llenaba de textos las hojas de esa antigua agenda, todo lo cual me hacía sentir que le interesaba y por algún motivo podría creer.

Concluyendo con mi situación me preguntó si esto lo viví mucho tiempo, cuáles fueron los cambios que se fueron dando emocional o físicamente en mí, qué pienso al respecto en cuanto al motivo fundamental que pudo haber generado en esa persona realizar este acto sin medir las grandes consecuencias que he mencionado. «Debo decir, Gatribell, que bajo mi filosofía está fuera de mis creencias». En mi mente me comentaba que no había estado tan lejos de la realidad el primer día de haber estado en la consulta, como había mencionado muy pocas personas creen en estas vivencias y muchos de ellos si lo creen es porque lo vivieron.

De pronto, comienzo a escuchar una reflexión de la verdad, donde me dice:

—Gatribell, la verdad (como bien muchos pensamos) es algo subjetivo. ¿Por qué? Porque muchas veces todo parte de las experiencias de vida de cada individuo y esto es uno de los casos donde uno se cuestiona lo limitante que somos en cuanto a lo que creemos. Esta experiencia paranormal, por así llamarlo, de alguna manera me hace cuestionar sobre lo frágil y dañinos que podemos ser con los demás. Y tú, ¿harás algo al respecto?

Su pregunta fue inesperada.

—Mmmm… la verdad es que no soy de guardar rencor. Puedo perdonar, pero no olvidar, y el no olvidar no va a que en algún momento lo reproche, solo queda archivado en mi memoria y solo decido alejarme de personas que de alguna manera no miden los riesgos que conlleva realizar trabajos de magia negra.

Luego de algunos días, le conté a Margareth lo que había ocurrido respecto a la terapia. Sentí que hubo un poco de evolución en mi descanso mental con botar esas sensaciones con alguien que no me conocía y no volvería a ver.

Con Margareth la comunicación no es tan fluida, lo prefiero así, después de todo he tenido un trabajo con ella sobre lo impaciente, ansiosa y querer llevar el control de todo sobre mí. De alguna manera, siento que toda esa situación me ha hecho ver la vida con otros ojos, valorar lo que no valoraba y no porque fuese irrelevante, sino porque el ritmo acelerado de vida que nos hace llevar la sociedad no te deja analizar y reflexionar sobre lo esencial de un individuo.

Bueno, me estoy yendo por otro lado y resulta que Margareth me dejó noticias, debe ser por lo mismo que me desvío para no llegar a este punto que en realidad no está dentro de mis intereses y es que Marianne quiere acercarse a mí y en algún momento nos volveremos a ver. Mi estómago se estremeció entre rabia y ganas de que ese momento jamás llegara, a tal punto que si es posible evitarlo soy capaz de hacerlo. Lo lamentable es que, como muchas veces me ha dicho, hay situaciones que no pueden ser interrumpidas en su transcurso.

—No es mucho lo que se puede hacer. Esto ocurrirá y te prepararé mentalmente para que ese momento no te afecte.

Después de muchas conversaciones sobre su vida personal, sobre mí y mi trabajo, me cuenta que habrá un cambio drástico en mi vida en cuanto a Alex, Rick, Marianne. En fin, según, conoceré a alguien en esta zona que hará cambiar mi vida.

—La verdad, Margareth, es que en estos momentos lo que menos me interesa es conocer a alguien.

Y como siempre negativa a nuevas situaciones que no estaban dentro de mi interés, le solicité bloquear esa opción. Me dijo que haría lo posible y debía considerar que en el transcurso de la vida ella no se puede meter, alterar, no hará que en algún momento conozca a alguien y lo tengo bastante claro. El punto es que ahora, en mi presente, no estoy en las condiciones de conocer a alguien, no tendría cabeza para esa situación.

Volvió a enfatizar que, al momento de hacerlo, de conocerlo, volvería a analizar la situación, de conocer a ese ser. Reí con ironía ante esa conversación, además, sinceramente no creo que vaya a ocurrir bajo el contexto que estoy inserta, aislada del mundo terrenal y bohemio.

La nueva vida que llevo me tiene con otra disposición, más alegre, optimista, disfrutar, conocer, salir, seguir conociéndome, hacer lo que me gusta, apasiona y no dejar que cualquier cosa, situación, persona, me eche abajo a como quiero estar, que logre lo opuesto de lo que realmente quiero y si sucede en algún momento considerar que es por algo realmente importante para mi vida.

Durante este tiempo no he tenido noticias sobre Rick y Alex, dos personas que marcaron bastante con su forma de ser. Totalmente opuestos: Alex, extrovertido, llevador de sus ideas, cariñoso y bastante arrebatado. A diferencia de Rick, un hombre con ideales bien marcados, libre, introvertido y que logró sacar en mí el lado más pasional que con Alex no había logrado tener, esa conexión mística que solo se daba con él; por otro lado, logró abrir mis ojos con respecto a Alex, ya no me interesaba, entonces, fue un factor relevante de cortar grandes lazos a algo que no llegaría a ningún lugar.

Por estas razones y otras más que se han ido dando con el tiempo, le manifiesto a Margareth que no estoy en condiciones y con interés de conocer a otra persona para qué, para volver a ilusionarme, para volver a querer a alguien incierto, para volver a sufrir, en fin, son temas que iré trabajando en un largo período, además, no requiero de alguien para ser feliz, como esos refranes de encontrar tu media naranja, pierna a peluda, el amor de tus sueños, etc...

Siento que el amor parte de uno, cuando te amas eres capaz de amar a otro porque sabrás el valor de esa palabra y no requerirás la dependencia de otro ser, no afectará si no está o si se va o si todo acaba.

Pasando los meses en este maravilloso lugar que me genera un ambiente cálido, el verde de los campos, aire limpio, dormir acompañado del sonido de la lluvia, despertar con los cantos de los pájaros, ver los arcoíris que se forman entre las montañas y el mar, me siento en el paraíso. No necesitar nada más que la tranquilidad y disfrutar de las maravillas con las que sorprende la naturaleza, solo hay que darse el tiempo de detenerse a mirar con la sencillez de experimentar esa conexión que muchas veces uno no logra captar o apreciar como debiera ser.

Durante este tiempo, mi lado ermitaño ha estado bastante presente, por otra parte, lo sociable se hace notar, después de mucho tiempo de estar alejada de lugares con bastante público y distorsión. Una de mis colegas, que también es nueva en este lugar pero lleva más tiempo que yo, me propuso una salida para distraernos y romper la rutina, a lo cual accedí con bastante ánimo. Mi cuerpo requiere de cerveza, vino, unas piscolitas, alcohol y otras cosas que distorsionan la noche.

Mi mente estaba en solo pasarla bien, desconectada de todas esas atmósferas que se pueden dar en un ambiente así. De pronto Nicole, mi colega, me dice

que invitará a unas amigas; accedí, andaba totalmente sociable y con ganas de conocer a más personas, así tendría algún ambiente para esos momentos
que dan ganas de desordenarse.

Fue bastante agradable salir con las amigas de mi
colega, bastante simpáticas y con temas de conversación que generan ganas de hablar, hablar y hablar.
Propusimos otra salida para más adelante porque
Nicole dijo que se nos venía una celebración por el
colegio, lo cual desconocía. Veo que comenzaré con
veladas desde ahora, ya inverné lo suficiente para
disfrutar de otros momentos que me ofrece la vida.

Llegó el momento de organizar el festín en el colegio. Mis colegas son mayores, las más jóvenes somos
Nicole y yo.

Estaba compartiendo con los colegas y comencé
a sentir que estaba muy tranquilo el ambiente y propuse colocar música donde finalizamos cantando,
bailando, momentos de karaokes. De pronto veo llegar algunas personas al lugar que estábamos compartiendo, los miré rápidamente y al ver sus caras des-
conocidas continué en mi onda. Luego le pregunté
a mi colega si los conocía y su respuesta fue un no,
que jamás los había visto. Luego de tanto alcohol y
momentos de diversión los hicimos parte de nuestra
celebración.

En un momento me acerqué a la chica que había
llegado. No era chilena y andaba por nuestro país
conociendo y buscando lugares de inspiración para
escribir, a lo cual reaccioné que había llegado al
mejor lugar para generar esos momentos tan íntimos
como lo es la escritura.

De pronto, veo a mi derecha y había un chico joven sentado, donde nos vio conversar se incorporó a nuestro tema. Después la chica se va y terminamos los dos conversando sentados en el sillón mientras nos llenaban nuestros vasos sin necesidad de levantarnos del asiento.

Me preguntó de dónde era. Con bastante confianza le conté que vengo de Concepción y las razones de mi emigración a lo cual reaccionó de una manera bastante sorpresiva al saber del lugar del que vengo por las grandes diferencias que hay entre las regiones y más por lo joven que soy y encontrarme aislada. En eso, exclamó que admiraba la decisión tomada.

Sonreí con un poco de timidez, no estoy acostumbrada a que me elogien y es un tanto incómodo. La verdad, arranco de esos momentos, no van con mi personalidad.

Después de que tuviéramos muchas horas de conversación sin conocer a alguien y considerando que se iba a la mañana siguiente le propuse que se fuera a quedar a mi casa, tengo una pieza disponible y te queda más cerca para salir de la isla en la mañana. Con una mirada de sorpresa ante mi propuesta me dice que sí. La razón de mi generosidad se debía a mi lado empático y analicé en el lugar que estábamos, bien retirados de la salida, la hora, el poder descansar un rato antes de su partida y varios factores que se me vinieron a mi cabeza por un par de segundos y me hicieron decir esas palabras. Sin saber nada de él me generó confianza, ahora no sé si habrá sido el ambiente o soy mucho de confiar en las personas con las que me llevo bien aún recién conociéndolas.

Llegando a mi casa mi idea era seguir disfrutando, lo lamentable que hace bastante tiempo no salía de la isla por ende no tenía muchas cosas y ninguna malicia para continuar con el festín. Terminamos sirviéndonos un té, creo que ya era mucho para la noche y lo necesitábamos. De pronto esa atmósfera tomó fuerza a lo conocido, sentí como si en algún momento de mi vida hubiese compartido con él, lo cual me permitió ser yo, la Gatribell de siempre sin resguardo a pensar que podría dañar sus emociones con las palabrotas o mi forma de ser que a veces suele ser pesada, distante y sarcástica.

Me contó muchos de sus planes, la verdad es que me sorprendió con su idealismo, experiencias, la mira con las que se mueve y las propuestas que hay en su vida. Siento que es difícil encontrar personas así, que salgan de su zona de confort y romper con el concepto de miedo, inseguridad y está bien, somos personas, pero así también tenemos las competencias y habilidades para lograr sentirnos bien en el lugar que estemos si realmente lo queremos así, finalmente todo parte de uno.

A medida de nuestros temas de conversación se observa bastante cómodo a tal punto que se recuesta en el sillón apoyando su cabeza en mis piernas, debo reconocer que ni me inmuté y lo dejé disfrutar de esa comodidad mientras yo miraba el techo. De pronto lo veo muy cerca de mí y en cosas de segundos me besa. Al momento de sentirlo admito que lo lanzaría hacia atrás con todas mis fuerzas porque me molestó, hasta que sentí en mi cuerpo una sensación dulce, esas ganas de no parar, fuimos tan coordinados al besarnos que lo único que hice fue disfrutar del momento en sentir sus cálidos labios. Posteriormente del primer beso, no lográbamos despegar ni un segundo nuestros labios, esos besos mágicos me robaron el aliento.

No recuerdo cuánto tiempo llevábamos ahí, el tiempo se paralizó entre sus labios y nos fuimos a mi pieza a descansar, al menos eso pensé o más bien eso quería aparentar para apaciguar esas ganas de besarlo. No había sentido tantas ganas de disfrutar unos besos tan excitantes.

Al llegar a mi pieza comenzamos a quitarnos lentamente nuestra ropa. Él mientras me ayudaba, me sentía tan cómoda, siendo que lo venía recién conociendo y luego de hablar por unas horas ya estaba ocurriendo, ¡luego de unas horas! Ignoré mi lado reservado y decidí disfrutar la ocasión. Se reveló una conexión tan mágica que no hubo necesidad de dar indicaciones en nuestro acto sexual.

Después de su partida analicé tooodo, quedé perpleja y con ganas de más, solo que ya no habría más, no nos volveríamos a ver.

Más tarde y por primera vez, Margareth es la que me llama preguntando qué había pasado anoche, le dije que nada importante, solo había conocido a alguien y pasaron muchas cosas que al contarle como fue todo me vino un apretón en mi abdomen de nervios y con ganas de volverlo a ver ese ser incógnito.

Luego de contar todo, me hace recordar con un «Yo te dije»... Mi silencio se hace notar y la preocupación se está apoderando de mí. Especialmente cuando me dice, «lo vi en tu camino, yo vi lo que ocurrió anoche mucho antes y pasó». Creo en todo lo que Margareth ha hecho en mí, pero, ¿tan así, de ver anticipadamente lo que viene para mí o las cosas que viviré?

—Entonces, ¿tú sabes lo que ocurrirá en mi vida? ¿Qué más viste, Margareth? Necesito que confíes y me digas lo que realmente ocurrirá después de vivir con ese ser mágico, con ese ser de luz que impregnó mi alma de sensaciones únicas.

Margareth al escucharme decir toda esa parafernalia de lo que me hizo sentir se reía por lo testadura que fui al saber que conocería a alguien y me negaba rotundamente.

—Gatribell, lo único que puedo decir en estos momentos es que tu camino se está abriendo. Ya sabes quién hizo el cambio en tu vida. La persona que de alguna manera generó mucho daño, así también, considera que a través de esta experiencia lograste crecer, conocer, desapegarte y valorar lo que la vida, tú, las personas, la naturaleza nos entrega. Veo un cambio en tu persona que no esperaba que lo lograras tan rápido, que no te haya llamado tanto para contarte con detalles sobre lo que veo es especialmente porque debo dejar que ocurran. Disfruta de los cambios que se vienen.

—Pero, Margareth, entonces, no entiendo, en serio.

—Solo debes entender que todo pasa por algo. En estos momentos no te puedo adelantar nada. Solo debes disfrutar los tremendos cambios que se vienen y él será parte de ellos.

Mi cuerpo tomado de un alma desconocida que dejó todo fluir sin ningún cuestionamiento alguno, me hizo dar cuenta de que los momentos llegan cuando uno menos se los espera y así también en el lugar y la forma menos esperados.

Solo he de decir que no sé lo que vaya a ocurrir, pero tengo ganas de ti...

Oscura vida de Gatribell.

Melodías

Sonidos pulsantes por el caracol y
rápido desliz auditivo provocando
de una manera dulce los sonoros en adicción.

Pólvoras caen del cielo,
movimiento circular envolvente al mirar y
cambios tañidos atrapados en mi caracol
luego del mirar,
traspasaron a las venas pensantes
transformando dependencia.

La morfina auditiva ha vuelto otra vez
esa que envuelve el cuerpo
haciéndola vibrar y girar
con danza melódica.

Vibraciones atmosféricas
acelerando el ritmo cardiaco
bombas sanguíneas
expulsando por el cuerpo adrenalina.

Rítmica cardiaca
Que hace ebullicionar cada pulso sobresaliente
a tus neuronas, iluminando tus perlas azuladas
en la supernova esplendorosa galáctica y melódica.

Cuatro paredes

En los cristales reflejaba la angustia que encerraba en su alma, danzaba por las noches agudizando sus movimientos en altos saltos que inspiraba la pasión a alcanzar el mundo con sus manos, demostrando la seguridad a aquel cristal. En cada movimiento encontraba la forma de romper lo oculto. No obstante, cada vez se alejaba más, pensaba que no escaparía de lo que veía en él. Un impulso inesperado la hizo girar envuelta de calor, esperanzas, velocidad, audaz, tanto así que en la punta de aquel lado oculto se detuvo a esperar, que saliera, se enfrentara a la imponente mirada que ella mantenía con su cuerpo rígido.

EDIQUID

9 789807 641630